JN077826

中得一美

# 嫁の甲斐性

実業之日本社

実業之日本社文庫

目次

# 序章　大門前

霜月のある日。

朝まだき、ここ吉原大門《おおもん》の潜《くぐ》り戸がギッと鳴り、中から一人の女が現れた。

女は、小さな風呂敷包み一つだけを抱え、後ろにいた会所の番人に軽く会釈をした。

しかし、戸はすぐさま女の鼻先で、大きな音を立てて閉じられた。それはまるで、自分を拒絶するようだと女には感じられた。

薹《とう》の立った女郎には、もう用はないのか……。

自嘲気味に笑うと、女は前を向いた。

目の前には、靄《もや》の中に小さな灯《あか》りが一つ、二つ、光っているのが見えた。田んぼの中にある人家の灯りだろうか。暗がりの中、刺すような寒さに思わず首筋がぶるっと震えた。吐く息が白かった。慌てて首をすくめると両手を擦《こす》り合わせた。

女は今日、晴れて年季が明け、吉原を出ることになった。

二十年──。そんなにも長い間、私はここにいた。この吉原という籠の中に……。

感無量だった。感無量の筈《はず》だったが……その胸の内は、決して晴れやかとはいかなかった。

果たして、あの人は来てくれるのだろうか。私を迎えに——。

それはある種の賭けだった。男の瞳の中に見た一片の真実に望みを懸け、女は吉原を出る決心をした。

けれど、もし、あの人が来なかったら……？　女の中に一抹の不安がよぎった。あの人も私のことを好いている、というのが、もしも私の勘違いだったら……？　そうしたら、自分は一体どうなってしまうのだろうか。

心細くなった女は、今さっき通って来たばかりの大門に、縋《すが》りつきたくなった。ようやく自由になったというのに、すぐさまその中に逃げ帰りたくなってしまうのだ。

しかし、大門は閉まったまま、取り付く島もない。板葺《いたぶ》き屋根の巨大な冠木《かぶき》門を見上げるうちに、女は溜息をついた。

仕方ない……、行くか。

そうして前を向くと、暗闇の中をそろそろと歩き出した。

# 第一章　長屋の女房

## 花嫁は元花魁

天保十三年正月過ぎ。

すずは、篠吉《しのきち》と祝言を上げた。

媒酌人は、篠吉の大工の親方、甚兵衛《じんべえ》、あさ夫婦。二人の住む裏長屋での事だった。

立会人は長屋の大家、弥七《やしち》。弥七は篠吉の住んでいる深川富田町の十軒長屋の表通りで、乾物屋の店を構える五十過ぎの男であった。

篠吉は、今年三十四になる色白の大男。目と目の間が離れているのが、いかにも人の好さそうに見えるが、実際優しい男で、同僚たちからの評判もすこぶる良かった。

かたや、女房になるすずは、二十八歳。地味な木綿《もめん》こそ着ているが、何処《どこ》となくその着こなしに色気があった。

それもその筈。すずは、つい先日まで、吉原随一の大見世と謳《うた》われた金華楼《きんかろう》で、花魁《おいらん》にまで上り詰めた女だった。目尻の少し上がった勝気そうな瞳には、この女が張りと意気地とで世間を渡り歩いて来た事が見て取れた。

篠吉が花魁を娶《めと》ったというので、長屋には朝から大勢の大工仲間たちが集まって来て、半開きの戸口の隙間から、押し合いへし合い中を覗《のぞ》いては、「おお、さすが吉原」「いい匂い」「しのの野郎、男上げやがったな！」などと大騒ぎしている。

そんな外野のヤジすらも、今の二人には誇らしかった。

三三九度の盃《さかずき》を返し、何気なく外を見たすずは、一人の男と目が合った。男はすずと目が合うと、慌ててそらした。

あれは確か源次《げんじ》とかいう、篠吉の友だちでは……と、すずは思い出した。

吉原時代に「しのの事は諦めてくれ」と、わざわざ金華楼に出向いてまで、頼んできた男だ。

源次はバツが悪そうな顔で、こちらをチラリと見るが、そんな源次に、すずは余裕の微笑《ほほえ》みで返した。

正式に職人の女房になった今のすずには、怖いものなど何もなかった。

すずは、初めてこの長屋へ連れて来られた日の事を、思い返していた。

篠吉の案内で吉原を出たのはいいが、すずは吾妻橋《あづまばし》付近で歩けなくなってしまった。なにせ吉原ではそんなに歩くことはなかったからだ。せいぜい花魁道中で、仲の町を歩くくらいだし、廓《くるわ》の中だって二階建てとはいえ、自分の部屋と階下を行ったり来たりするだけだった。そのうえ、履き慣れない足袋《たび》を履いたせいで、下駄の鼻緒がさっきから親指に食い込んで痛かった。

「もう、駄目。あたしゃ、一歩も歩けないよ」

すずが泣き言を言うと、篠吉は「え、もう？」という顔をした。

「だって、こんなに長い道のりを、歩いたことなどなかったし……。しのさん、悪いけど、駕籠《かご》を呼んどくれ」

篠吉は呆《あき》れた。

「駕籠って、お前《め》ぇ……」

「あたしの姐《ねえ》さんが落籍《ひか》れた時なんぞ、それはもう立派な駕籠仕立てでね、廓からも総出で送り出したものさ」

篠吉は言葉に詰まった。

「それに比べると、あたしなんて可愛いもんさね。誰にも迷惑を掛けないように、そっと明け方、抜け出して来たんだから」

そう言って口を尖《とが》らせるすずに、篠吉は「しょうがないな」と顔をゆるませると、すずの前にしゃがみ込んだ。

「ほれ、わがままな花魁殿」

すずが驚いていると、篠吉は、

「駕籠はねぇけど、おいらの背に乗りな。おぶってやらあ」と言う。

すずは、一瞬戸惑うが、あんまり篠吉が勧めるので、「エイヤ！」と飛び乗った。

「おっとと」篠吉は笑いながら、軽々とすずを背負うと、吾妻橋を渡って本所の方へ一目散に走り出す。すれ違う通行人らが驚いて、振り返るがお構いなし。そんな様子を尻目に、二人は声を上げて笑った。


大川端の景色を眺めつつ、いくつもの堀を渡って深川へ入ると、河岸蔵《かしぐら》の連なる一画に目指す長屋はあった。よほど注意しなければ通り過ぎてしまうほど、同じような長屋木戸が並ぶ中、目指す乾物屋、〝磯子〟の看板が見えた。

ふざけながら来た二人。

篠吉は、そこでようやく、すずを下ろした。冬だというのに、汗をびっしょり掻《か》いている。笑いながら上気した顔を手ぬぐいで拭く篠吉を、すずはまじまじと見た。今まで、薄暗い灯りの中でしか見たことがなかったから、陽《ひ》の光の下で、男の顔立ちを、鼻を、目を、口元を、初めてちゃんと見た気がした。

すずは、いきなり篠吉の手を取った。

篠吉は驚くが、すずは気にせず、その手をじっと見つめた。指は白く、太く、長かった。そして、掌《てのひら》は厚く、硬く、たくさんの蛸《たこ》も出来ていた。

「……」

それを見ると、すずは、その手を頬に寄せた。

「おいおい」照れたように篠吉が言うが、すずは構わず、「私は働き者の手が好き」とつぶやいた。


木戸を開けて、中へ入ると、両脇に五軒ずつ家が並んでいた。真ん中に井戸と厠《かわや》とごみ溜が見える。篠吉の家は一番奥にある四畳半。戸を開けると、流しの付いた小さな土間に、簞笥《たんす》と火鉢があるだけの部屋。男の一人暮らしにしては、小綺麗《こぎれい》に片付いていた。

「ふうん、綺麗にしているじゃないか。で、寝る所はどこだい？」そうすずが振り返ると、篠吉は、「いや、これで全部だ」と苦笑いした。

すずは言葉を失った。

廓では、自分の部屋と座敷まで持っていたから、その狭さに驚いたのだ。

これが江戸の暮らしというものか……。

好いた男となら何処へでも、と思っていたが、いきなり現実を突きつけられたような気がしていた。

その夜。

一つ布団に寝ている二人は、久しぶりに抱き合った。吉原とは違って、三味《しゃみ》の音も、騒々しい笑い声も、バタバタと音を立てる上草履の音もしなかった。ただ、霰《あられ》が降って来たようで、柿葺《こけらぶ》きの屋根にパラパラと乾いた音だけが聞こえてきた。

夜になると、急速に部屋が冷えてきたが、二人で入る布団の中は温かかった。

事が終わると、すずは再び篠吉の手に口づけた。

「お前ぇは、手が好きなんだな」

枕元の灯りに照らされ、篠吉の顔が綻《はころ》んだ。

「昔、おばばが言っていたの。男の手には気をつけろって。手を見れば働き者かどうかが分かるって」

「そうか」篠吉は笑った。

「じゃあ、働き者ではない、手のヤツもいたんだな」冗談めいて言う篠吉に、すずは黙り込んだ。

霰の音が、だんだんと激しくなり、今では屋根に強く打ち付けている。

薄闇の中、ふいに顔を上げたすずが真顔で言った。

「そう、そんなヤツがいたの」

すずの影が大きく伸びて、壁に映った。

「まるで鬼のようなヤツが――」


鬼が来た！


その年はどうした事か、梅雨が晴れずに長雨が続いていた。

来る日も来る日も、ととかかは、田んぼの事ばかり心配していた。このまま陽が差さなければ、稲はどうなるのか、中干し出来なければ根が腐るのではないかなど、大人たちは暗い顔つきで、寄ると触るとそんな話ばかりをしていた。

けれど、そんな時に限って、悪い予感は的中するもので、雨が上がっても稲は育たず、そのうえ、葉全体が白くなりかけていた。慌てて、とと達は田んぼの雑草を抜いて間隔を空けたが、間に合わず、稲は次々と枯れていった。

だから、米はいつもの年の半分も穫《と》れなかった。

そんな時に、あの男が村にやって来たのだ。

その時、すずは八歳だった。生まれたばかりの妹、佐代《さよ》をおんぶしながら、村の子ども達と遊んでいた。

子とろ子とろ
どの子を子とろ
あの子を子とろ
とるならとってみろ
子とろ子とろ

バターン！

五歳になる弟の茂吉《もきち》が、鬼役の子に捕まりそうになって派手に転んだ。親役のすずが、必死に守ってきたが、みんなの後ろにいる茂吉はついて行けずに、大声で泣き出した。その声を聞くと、子ども達は興を削がれたのか、口々に「帰ろ、帰ろ」と言って、それぞれの家へ戻っていった。

それでも泣き止まない茂吉を、何とかすずが、なだめすかしていると、ピーヒョロロロロと村の入り口の杉の木の上で、トンビが一声啼《な》いて飛んでいった。

それは誰か、よそ者が村へ来た証だった。

すると、だし抜けに、目の前の藪《やぶ》がガサゴソと音を立てて、ひとりの中年男が現れた。

男は、ここいらではついぞ見たことのないような、真新しい半合羽を纏《まと》い、菅笠《すげがさ》を被《かぶ》っていた。顎の張った四角い顔で、口元は愛想よく笑っているけれど、その目は決して笑ってはいなかった。

すずは、とっさに茂吉をかばい、身構えた。

「娘さん、権助《ごんすけ》の家はどこでぇ」

男は、訛《なま》りのない江戸言葉で聞いてきた。すずは黙って、山の端を指差した。

「ありがとよ」

礼を言うと、男は菅笠を少し持ち上げて、すずを見た。途端にすずは嫌な気がした。何故《なぜ》なら、男が頭のてっぺんからつま先まで、素早く自分のことを一瞥《いちべつ》したからだ。だがそれは、ただの一瞥ではなく、まるで蛇がチロチロと舌なめずりしながら、獲物を狙い定めたかのような感じだったからだ。さらに男は、すずの泥だらけの足に視線を落とすと、フッと笑った。

「……」

それを見ると、すずの不安な気持ちは否が応でも増した。それが証拠に男がいなくなった後も、しばらくその場から動けなかったくらいだ。すずの中で、何か得体の知れない胸騒ぎがしていた。怖くて、怖くて、仕方がなかった。

いつまでも動かないすずを、不思議に思った茂吉が、「ねぇ、ねぇ」と手を引っ張るが、それにも気づかず、「姉さ！」と強く呼ばれて、ようやく我に返った。

歩き出してからも、すずの動揺は隠し切れなかった。笠を持つ男の指は綺麗だった。手甲《てっこう》の下からも分かるくらい、細くて、長くて、そうして白かった。

それは百姓の手ではなかった。否、これまで一度も働いた事のない手だった。

そんな男の手は信用なんねぇ！

ふいにそんな声が聞こえた。それは、妹、佐代が生まれる前に亡くなった、祖母ハツの声だった。ハツはよく子ども達にこう言っていた。

わしらのように貧しい村では、昔っから、〝鬼〟が来るんじゃ。その〝鬼〟は、村一番のめんこい子どもをさらっては連れて行ってしまう。それは決まって、日照りが続いた時、大風が吹いた時、山が爆発した時、雨が降り続いた時など、食べ物がなくなった時に現れるんじゃ。

囲炉裏端でそれを聞いていた幼いすずは、固唾《かたず》を呑んで祖母の皺《しわ》くちゃな顔を見つめていた。パチパチと木のはぜる音がした。

「おばば、連れていかれた子はどうなるの」

恐る恐るすずが尋ねると、ハツは少し考えてから、

「連れてゆかれた子はな、血を吸われ、肉を食われ、挙げ句の果てに骨と皮ばっかに

なって、捨てられてしまうんじゃ。可哀想に、鬼に生気を吸い尽くされてしまうんじゃなぁ」

「……」

だから〝鬼〟に連れていかれんように、真面目《まじめ》に働くんじゃぞ。ととやかかの言う事をよく聞いてな。そして、決して、掌が柔らかく綺麗な指の男にはついて行ってはならんぞ。それは〝鬼〟だからのう。

　そう言って、すずの後ろを見て、

「ほうれ、そこに鬼が……」と指差した。

「ギャッ！」

　すずと茂吉が叫び声を上げ、慌てて祖母の後ろに隠れると、ほっほっほっとハツは歯のない口を大きく開けて笑った。

　そうやって、おばばは、子どもらが何か悪さをする度に、「鬼が来るぞ」と言っては脅していた。

　しかし、今、すずは、本物の〝鬼〟に出会った気がした。

　あれが、おばばの言っていた、〝鬼〟というものなんだ。すずは、男の仄暗《ほのぐら》い目つきを思い出した。それは見る者すべてを、凍らせるような目つきで……。いつの間にやらすずは、じっとりと冷汗を掻いているのだった。

そして、男の舐《な》めるような視線を、追い払うように頭を振ると、元気よく歩き出した。

男の名は半蔵《はんぞう》。

浅草山谷《さんや》町に住み、東北の寒村を回っては貧しい百姓の娘を買い付ける、いわゆる〝人買い〟の仕事をしていた。今年は北陸に水害があったと聞きつけ、早速やって来た。

半蔵の予想通り、すずの住む茅乃《かやの》村でも、大雨の影響で年貢を払えない家が出てきていた。半蔵は村中の家々を回って、娘を女中奉公させないかと誘っていく。その姿はまるで死んだ動物の肉に集《たか》る、ハゲタカにも似ていた。

その頃、すずの父、繁三《しげぞう》も、年貢の算段に頭を悩ませていた。

一家は、妻のたえとすずを筆頭に子どもが三人。老母は二年前に亡くなっていた。その時の葬儀代やら、何やらの借金があるうえに、今年の稲の不作。田畑はとっくに担保に取られ、年貢はおろか、どこからも金を借りる当てもなかった。

そんな時、村に半蔵が現れた。人の話では半蔵は、貧しい百姓の娘たちを小判を出して買い取っているという。その額を聞くと、繁三の気持ちも少なからず揺れ動くが、すぐに打ち消した。

「いやいや、そんげな事……」

けれど、しばらくすると、またぞろ、その話が頭に浮かんでくるのが、自分でもどうしようもなかった。


一方すずは、連日半蔵の噂《うわさ》を聞いても、自分には関係のないことだと思っていた。以前、茅乃村にも人買いが現れて、娘を売った家もあったそうだが、そういう家の子は、大抵目鼻立ちがしっかりして、色白だったということだ。

けれど、すずには、赤ん坊の時に負った、火傷《やけど》の痕があった。

それは大人たちが皆、田んぼへ出て留守にしていた時の事だった。

囲炉裏端で寝かされていた、赤ん坊のすずに、燃え残った木炭の火が飛んできて、顔に当たった。その痕は今でも右目の下に、大きな赤い痣《あざ》として残っており、母のたえはそれを見る度に、「女の子なのに、こんげにして……すまんね」と申し訳なさそうに謝った。

だから、自分は女の子としては役に立たない、とすずは思っていた。もしも連れて行かれるなら、友だちのおミヨのように可愛い子だろうと考えていた。

その代わり、自分は早く一人前になって、田んぼでも畑でも、どこでも働けるようになりたいと思っていた。そうして、少しでも両親を楽にして、喜ばせてあげたいとも考えていた。

なので、半蔵が自分の家へ来るなど、ゆめゆめ思いもしなかった。

だが、再び、すずの前に現れた半蔵は、戸口の前に立つと、座敷にいるすずの足元を見て、もう一度薄笑いした。

「こりゃあ、健康そうな足だ。吉原へ行っても十分通用するだろう」

それを聞くとすずは、またもや嫌な気持ちになってしまった。そして、半蔵の視線を逃れるかのように、素早く草履を履くと家を飛び出した。

その後、両親と、どんな話になったのかは分からない。

ただその日、寝ているすずの耳元に、囲炉裏端にいる父と母の声が、切れ切れに聞こえてきた。

「まさか……、そんげな恐ろしい事！　おばばが生きていたら、絶対に許さねかったわ」

興奮しているかのような、たえの声が聞こえてきた。そんなに取り乱す母は珍しかった。

「じゃあ、お前ぇは、田畑が庄屋に取られて、おらが一生小作人になってもいいて言うのかッ！　娘一人よりも、一家の主《あるじ》が、小作人になってもいいて言うのかッ！」繁三の激高した声が同時に聞こえてきた。

「先祖伝来の田んぼも畑も、みんな人に取られて、一生、人にこき使われるんだぞ。そん時は、お前ぇもすずも、茂吉や佐代だって、みんな雇い人だぞ。一生、人の田畑で働くんだぞ。それでもいいんだなッ！」

父がこんなに怒るところを、すずは知らなかった。母がわっと泣き出した。そんな母を慰めるように、

「なあに、十年なんてあっという間さ。それに、こんげな貧乏暮らしで、何もねえ村よりかは、江戸へ行った方がよっぽど幸せかわかんねぇ」

と父が言った。

「すずも幸せ、おら達も幸せ。みんなが幸せになれるんだから、こんげないい話はどこにもねぇべ」

それを聞いた瞬間、すずは冷や水を浴びせられたようになった。

おらを女中奉公に出す？　江戸へやる？

胸の鼓動が激しく鳴り響き、その夜、すずは、一睡も出来なかった。

翌朝、すずは母に聞いてみた。「かか、本当におらを江戸へやるのか」

それを聞くと、たえは息を呑み、うろたえたように目を泳がしていた。だが、ついに逃げ切れないと思ったのか、うつむき加減に小さくうなずいた。その途端、すずは

火が付いたように泣き出した。

「嫌だーッ！　おかか、おらを江戸へなんて、やらねぇでくれ。おらを家へ置いてくれ。おらなんでもするから。もっともっと手伝いするから。ねぇ、おねげぇだから」

あとは涙、涙、だった。母は何にも言わずに、ただ、すずを抱き寄せていた。

それから二、三日の間は、何事もなかったかのように過ぎていった。時折、あれは夢だったのではないかと、すずは思いはじめていた。ととやかかが、そんな事をする筈はないと。おらをそんな所へはやらないんだと。だがその間、母がとても優しかったことだけは、すずの脳裏にしっかりと刻み込まれていた。

母のたえは、普段滅多なことでは怒らなかったが、すずが悪戯《いたずら》をしたり、言いつけを守らなかった時には厳しく叱った。その母が、夜な夜な、自分の嫁入り時に着て来た着物をほどいて、すずの晴れ着を作りはじめたのだ。それを見ると、すずは安堵《あんど》した。

ほら見ろ、やっぱりかかは、おらが一番可愛いんだ。

だが、それが出来上がると、またしても半蔵がやって来たのだ。今度は襤褸《ぼろ》を纏《まと》った、一人の汚い子どもを連れていた。

半蔵は上がり框《かまち》に腰だけ下ろすと、煙管《キセル》を取り出し吸いはじめた。繁三は正座をして、目の前に置かれた証文と金三両を見つめていた。そうして、半蔵から筆を差し出されると、少し迷いながらも、自分の名を書いた。

「なあに、娘を江戸で十年も奉公へ出せば、この家の借金なんざ、すぐに返せますって」

半蔵は満足そうにうなずきつつ、すずに向かって笑いかけた。

「江戸へ行きさえすれば、綺麗な着物が着られて、毎日、白いおまんまが食えるぞ」

それを聞くと、すずは青くなり、裸足《はだし》のまま裏庭へと逃げ出した。そして、庭の隅っこにある大きな杉の木に、顔を伏せて泣いていると、繁三がやって来た。

繁三は、「すまねぇ、すず。来年米がたんと穫れたら、すぐに迎えに行くから。それまでの辛抱だ」と言うが、すずは、「嫌だ、行きたくねえ！」と木に抱きついて離れない。

父からなだめすかされ、ようやく杉の木から離れた時には、もう昼近くだった。しゃっくりを上げながら、すずが、

「絶対だよ、絶対迎えに来てね。約束だよ」そう言うと、繁三は、「もちろん約束だ」と首を大きく縦に振る。すると、すずは、「ん！」と小指を差し出した。その指に、繁三は黙って自分の小指を絡ませて、二人は指切りを交わした。

家に戻ったすずは、たえに晴れ着を着せられて、髪を結ってもらっていると、鏡の

中の母が泣いているのが見えた。たえはすずの肩を抱きながら、

「ごめんね、ごめん、すず。こんげな情けねえ親で……」

そう言う母に、すずは気丈にも、

「大丈夫だよ、かか。すずも江戸で頑張るから。頑張るから……」と、逆に母を抱きしめた。

家にあるなけなしの米で炊いた、握り飯を持たされると、すずの旅の準備が整った。

痺《しび》れを切らして待っていた半蔵が、やれやれといった感じで立ち上がると、

「それじゃあ、お預かり致しやすぜ」とすずを促した。

さっきから、その様子を羨ましそうに見ていた、汚い子どもも慌てて立ち上がった。

最後に振り返ると、戸口に立って見送っている両親が、深々と頭を下げているのが見えた。弟の茂吉が母に、「姉さ、どこ行くの。おらも、おらも」とせがんでいるのが聞こえてきた。それを聞くと、涙がこぼれそうになるが、すずは、ぐっと堪《こら》えた。

泣いちゃだめ、泣いちゃ。おらが泣くと、かか達が心配するから……。

こうしてすずは、生まれ育った越中茅乃村を、後にすることになった。

部屋の中はシンと静まり返っていた。

あんなに激しかった霰は、身の上話をしているうちに、いつの間にか止んでしまったようだった。枕元に置いた灯りが、ぼうっと二人の姿を浮かび上がらせる。

「そうか、お前ぇも苦労したんだな」

一つ布団に包《くる》まっている篠吉がそう言って、すずの髪を優しく撫《な》でた。

すずは、ニッコリすると、その手を取って頬ずりした。

「いいの。だって、こんなに働き者の手に出会えたんだから」

「……」

「あたしは今、とっても幸せだから」

そう言うと、すずは篠吉を見つめた。

「蝶々、いや、すず……」

篠吉は、そんなすずを、愛おしそうに抱きしめた。

## 吉原・金華楼

長屋の朝は早い。

女房たちは七つ半には起き出して、朝飯の準備をはじめる。あちらこちらでガタピシと戸の開く音や、ザーザーという井戸水を使う音が聞こえてくる。あさり売りの声が響く頃になると、飯の炊けるいい匂いも漂ってきた。

ううんと、しどけなく布団の中で寝ていたすずは、隣にいる筈の篠吉がいないこと
に気がついた。見ると、

「あ、起こしちまったか」

すでに篠吉は仕事に行く用意をしていた。

「あれ、起こしてくれれば良かったのに。今何時《なんどき》だい」と、すずが聞くと、

「もう六つ半だ。仕事に行ってくる」と言った。

「あれえ、ご飯は」

「いらね。じゃあ行ってくる」

そう言うと、篠吉は印半纏《しるしばんてん》に股引《ももひき》姿で出て行った。

その背中を見送った後、すずは、大きなあくびを一つすると、また眠りに落ちた。

吉原では泊まりの客を帰して、やっと今、ゆっくりと寝入る時分だった。

江戸までの道すがら、半蔵は村々に立ち寄り、さらに何人かの女の子を連れて来た。
女の子たちは貧しくも、皆こざっぱりとした格好をしていたが、最初に連れていた
物乞いのような子、ツネだけは髪はボサボサ、着る物もツギハギだらけで臭いもキツ

く、いつもズルズルと洟《はな》をすすっていた。擦りすぎて鼻の上が赤くなっていたほどだ。おまけに、疥癬《かいせん》だらけの肌を激しく掻き毟《むし》るので、その度に、陽の光の中に細かい薄皮が飛び散った。

半蔵に連れられて、江戸に向かって歩き出したすずが、初めて休憩をとった時の事だった。木の下に座って、母からもらった握り飯を食べようとすると、横からニュウと手が伸びてきて奪われてしまった！　見ると、ツネがヒヒヒと笑いながら、かぶりつこうとしている。

「何するだ！」

すずが、奪い返そうと揉《も》み合っているうちに、握り飯は地面に転がってしまった。

「ああ、おかかが、作ってくれた握り飯が、握り飯が……」

泣き出すすずに、「おかか、おかかって、うるせぇんだよッ！」とツネは地面に落ちた握り飯を、無情にも踏みつぶした。

「あっ！」

息を吞むすずを、ツネはさらにからかった。

「やーい！　お前の母さん、デベソ」

激怒したすずは、ツネと取っ組み合いの喧嘩《けんか》になった。

「やめんか、こら！」

見かねて、半蔵の雷が落ちた。

「うぬら、静かにせんと、げんこつ食らわすぞ！」

それを聞くと、急に二人とも怖くなり、泣き出してしまった。

ツネは父親と一緒に物乞いの旅に出ていたが、信州上田まで来た時に、父親が突然亡くなり、泣いていたところを半蔵に拾われた。母親がどうしたとか、どこから来たのかなど、一切知らずに、ただ山中で病死した父の傍らで、腹を空かせて途方に暮れていた時に、通りかかった半蔵に握り飯をもらい、そのまま付いて来たのだった。

すずは、なぜこんな物乞いの子と一緒に歩かなければならないのかと、ツネの嫌がらせに悩みつつ、江戸までの道を歩いて行った。

わっはっはっはっはっ！

賑《にぎ》やかな笑い声がして、すずは目が覚めた。

気がつくと、お天道様はとっくに昇っていた。時刻は五つあたりか。

長屋のおかみさん達が、井戸端に集まって、勢いよく水を使う音が聞こえてきた。

二、三人で洗濯でもしているのか、姦《かしま》しい。

合間、合間に、甲高い笑い声までしてきた。

寝ぼけ眼《まなこ》のすずは、思わず「うるさいッ」とつぶやきながら、布団を頭から被った。

「もうちょっとだけ、寝かせておくれよ。もうちょっとだけ……」

五つと言えば、吉原では、まだ女郎たちが束の間の休息を貪《むさぼ》っているところであった。


中山道《なかせんどう》から板橋宿まで来ると、江戸はもう目の前だった。

次の日の早朝、すず達は宿を立つと、目的地の吉原を目指した。

日本橋へ差しかかると、故郷の縁日でも、これほどの人は集まらないだろう、というくらいの人々で溢《あふ》れ返っていた。ぼやぼやしていたら、勢いよく走って来た大八車に轢《ひ》かれそうになった。男も女も江戸の人は皆、流行《はや》りの衣装、髪型をしていて、ずいぶん垢抜《あかぬ》けて見えた。

自分たちのように、薄汚れて、みすぼらしい格好をした者など、どこにもおらず、すずは急にばつが悪くなり、背負っていた風呂敷包みの端をぎゅっと握りしめていた。

両脇に居並ぶ商家の建物は見上げるようで、その豪勢さにすずは、目が回りそうになった。そこには何でも揃《そろ》っているように見えた。貧しい村での生活しか知らないすずにとって、店先に飾られている色とりどりの商品は、見た事のないものばかりで、ここは話に聞く極楽浄土かと思ってしまった。

しかし、やがて浅草、そして吉原へと進むにつれ、景色が徐々に寂れてきた。そうして、ついに辺りは、見慣れた田んぼばかりの風景となってしまう。

すずは、ここは本当に、江戸なのだろうかと不安になってきた。

おらが奉公に上がるお屋敷とは、どんな所なんだろう……。一体、何をする所なんだろう……。

そう思った時、「痛ッ」と声を上げた。

反射的に腕を叩くと、蚊に血を吸われていた。吉原は、やぶ蚊の多い場所でもあった。

長い堤を歩いていると、よしず張りの店が立ち並ぶ、一角へと辿《たど》り着いた。

そこに一本の柳の木が生えていた。これが俗に言う〝見返り柳〟で、客が花魁との名残りを惜しんで、ここまで来ると振り返るというものだ。

柳を左に曲がり、緩やかな坂を下りて行くと、両脇に編笠《あみがさ》茶屋が立ち並んでいた。

ここは武士が顔を隠すために、笠を借りて被るという店だが、そこを過ぎると、右手に玄徳稲荷の社が見えてきた。やがて高札《こうさつ》が掲げられている場所へ出ると、坂の突き当たりに、黒塗り屋根の大きな冠木門が現れた。

これがいわゆる、大門と呼ばれるもので、吉原唯一の出入り口であった。

すずは、他の女の子たちと一緒に、半蔵に連れられて、おっかなびっくりこの門を潜った。

中に入ると、左手には、同心たちが駐在する町奉行所の面番所があり、右手には四郎兵衛会所があった。会所には楼主《ろうしゅ》たちが雇った番人がおり、常に目を光らせて女の出入りを監視していた。いわゆる女郎の逃亡を防ぐためだった。

半蔵は番人にしきりに話し掛けていた。しばらくすると、番人がジロリとすず達の方を見た。すずはその視線にドキリとした。それは、単に子どもを見る目つきではなく、まさしく、〝女〟を見る目つきだったからだ。

「――!」

すずは、そんな風に見られた事に衝撃を受けた。また、そんな風に見られた自分を決まり悪く思い、慌てて目をそらした。みじめで、もぞもぞと落ち着かない気分だった。そして、このまま、どこかへ消え入りたくなってしまった。

しかし、今まで殺風景だった門の外とは違い、目の前に広がるのは、まるで別世界だった。

大門の前には、大きな目抜き通り――仲の町通り――が、水道尻《すいどじり》まで貫いており、中央には、夜中絶やされることのない、たそや行灯《あんどん》と呼ばれる行灯が防火用の用水桶と交互に立っていた。両側には提灯で軒下を飾った、二階建ての引手茶屋が奥まで続いており、時折、華やかな衣装を纏った花魁が、お供の新造《しんぞ》たちを連れて歩いていた。時刻がまだ昼八つ過ぎのためだろうか。通りには、物売りや手ぬぐいで顔を隠した男たちが、まばらに歩いているだけだった。中には二本差しの姿もある。

半蔵は女の子たちを連れて、大通りの脇にある屋根付きの木戸門を潜った。途端にむっとした脂粉の香りが漂ってきた。中には狭い通路に面して、両側にずらりと女郎屋が立ち並び、紅殻《べんがら》格子の中に、若い女たちがたむろしているのが見えた。

その様子を見て、すずはギョッとした。彼女たちが皆一様に、疲れ切った表情をしていたからだ。それを隠そうと真っ白に白粉を塗り、赤々と紅を引いている。だらしなく着た着物の上から、仕掛けと呼ばれる色とりどりの衣装を羽織り、薄汚れた裾を引きずるようにして歩いていた。

すずは、故郷の村で、そんな派手な衣装や化粧をした女に、出会ったことがなかった。村の女たちは皆、地味な木綿の襤褸を纏い、化粧などする者は皆無だったからだ。なのに、ここはまるで色の洪水のようだった。赤、黄、青、紫、紺、黒……。

同時にすずは、日焼けして髪も小さくまとめただけの、母の姿も思い浮かべていた。ここの女たちに比べたら、母はなんて地味でくすんでいるのだろう。けれど反対に、母はなんて清らかだったのだろう。そう感じていた。

女たちは、連れて来られた子ども達を見ると、急に色めき立ち、格子の前へ集まって来ては、口々に何事かをささやき合っていた。中には露骨に指を差し、囃《はや》し立てる者までいる。

すず達一行は下を向きながら、その間を通っていった。そして、見世見世に立ち寄る度に、共にいた女の子たちは、一人減り、二人減りし、ついには、すずとツネだけになってしまった。

最後に半蔵が連れて行った先が、吉原江戸町一丁目にある金華楼であった。

金華楼は、今まで見た見世よりもひと際大きく、建物も立派だった。

半蔵は入口に座っている若い衆に、「親方いるかい」と声を掛けると、大きな暖簾《のれん》を分けて中へ入って行った。すずとツネも、おっかなびっくりでその後に続いた。

中へ入るとすぐに土間があり、煮炊きをしている竈《かまど》や井戸が見えた。どうやらここは巨大な台所のようで、湯気がもうもうと立ち上っていた。壁には米俵が天井まで届くかと思うほど積み上げられ、大勢の使用人が忙しく働いていた。

右手には板の間があり、その横には畳敷きの広間が続き、奥の内所には、長火鉢の前に、あぐらを掻いて座っている、楼主の直次郎《なおじろう》と女将《おかみ》のお吉《きち》がいた。

直次郎は、振袖を着た若い娘に肩を揉ませながら、「ああ、いい塩梅だ」「もっと強く」などと気持ちよさそうに声を上げている。片や女将のお吉はというと、そんな亭主の様子なぞ気にする素振りもなく、のんびり煙管を吸っていた。

　半蔵は二人の前へ出ると、

「親方、今日は掘り出し物の玉を連れてきやしたぜ」

そう言って、後ろで控えていたすずを促し立たせると、いきなりその足を摑《つか》んで、直次郎の前に差し出した。

　驚いたすずが、すぐに引っ込めようとするが、半蔵は離さない。

「どうです、この足は。甲がふっくらとして柔らかく、足裏も固くしまっていて、健康そうでしょう。これは最後まで踏ん張りが利いて、よく働く足ですぜ」

　それをチラリと見た直次郎は、「ふん！」と鼻で笑った。

「お前ぇの言う、掘り出し物なんぞ、一度も当たった事なぞねぇわ。この間の女郎なんて、一年もしねぇうちに肺病みになっちまいやがって、とんだ損失だったわ」そう吐き捨てると、

「特にそこの汚い赤っ鼻！」とツネを睨《にら》んだ。いきなり怒鳴られて、ツネは亀の子のように首を縮めた。

「誰が物乞いの子なんぞ、引き取るかいッてんだッ！」と喚きはじめた。

「ふざけやがって」

よほど半蔵に煮え湯を飲まされたのか、それとも、少しでも値切るための策なのか、直次郎の怒りは、なかなか収まりそうになかった。

「まあまあ」と側にいたお吉が取りなした。

「この子だって、磨けば物になるかもしれないじゃないですか、ねぇ」と、半蔵に同意を求めると、

「そりゃあ、もちろん」と半蔵も請け合った。

「この玉だって、見目はいいんですぜ」

直次郎は、しばらく腕組みをしながら渋い顔をしていたが、女房に勧められては嫌とも言えず、しぶしぶ証文を書いた。

この時、交わした二人の値段は、すずが五両一分、ツネは三両二分だった。


「こんな物のために、自分は売られてきたのか……」

すずは、簞笥の中に仕舞ってあった証文を取り出した。証文は二枚あった。一つは禿《かむろ》時代、もう一つは女郎時代のもので、どちらも吉原を出る時、番頭から返してもらったものだった。長屋の一室ですずは改めてそれを、まじまじと見つめた。

五両一分、それが最初につけられた自分の値段だった。たった五両のために、自分

は売られてきたのだ。親兄弟のために、たった一人で――。

「……」

すずは、その場で二枚ともビリビリと引き裂くと、火鉢の中へ放り込んだ。紙はすぐにメラメラと燃え尽きて灰になった。

冷たい目つきでそれを見つめていると、なんだかすずの胸には、虚《むな》しさだけが湧き起こってくるのであった。

内所で金を受け取ると、半蔵は二人に、「達者でな」とだけ言い残し、そそくさと帰っていった。残されたすずとツネは、不安な気持ちでいっぱいだった。

「お前ぇの名は何て言う」ふいに楼主から、名前を尋ねられたすずは、恐る恐る言葉を発した。

「すず」

「すずか。じゃあ今日からお前ぇは、〝すず虫〟だな」

すずは一瞬、驚いて、「えっ？」という顔になるが、隣で聞いていたツネは、ぷっと吹き出した。

「すず虫だって、虫だって！」

笑い転げるツネに、

「じゃあ、そっちは〝まつ虫〟だ」と直次郎が言った。

今度は、すずが笑う番だった。

「まつ虫だってー！」

二人は互いに肘で突っつき合いながら、今にも喧嘩になろうとした時、廊下を一人の女が通りかかった。

「ああ、胡蝶《こちょう》。お前に新しい禿が来たよ。すず虫だ、よろしく頼む」直次郎が呼び止めた。

振り向くと、そこにはすずが、これまで一度も見た事がないような、美しい女が立っていた。ぞろりとした胴抜きだけを着て、気だるそうにしているが、その憂い顔がさながら透き通るようで、何とも言えず魅力的だった。しかし、今、その綺麗な眉根が寄せられると、胡蝶は怒りを露わにした。

「また、あたしですかい？　いい加減にしてくださいよッ」

それを聞くと直次郎は、

「まあまあ、いいじゃないか。ちょうど花路《はなじ》も新造になったばかりだし」とこれまでとは、打って変わって低姿勢でなだめはじめた。

胡蝶はしばらく黙っていたが、やがて顔を上げると、すずをじろりと見た。どきっとするすず。

だが、胡蝶は何も言わずに立ち去った。

「……」

その後ろ姿を見送るとすずは、ほーっと息を長く吐き出した。何故だか知らないけれど、胡蝶に見つめられると、身体の真ん中がキュッと絞られたように緊張してしまうのだった。

胡蝶は金華楼一の花魁で、一番格の高い、呼び出しを張っていた。そして、ツネは、金華楼にもう一人いる花魁、松川《まつかわ》の禿になることが決まった。


とーふー、とーふー。

豆腐屋が表通りを歩くと、どこからともなく戸がガラリと開いて、「待っとくれーッ」と、おかみさんの呼び止める声がした。それを面白そうに追いかける、子ども達のはしゃぐ声までもが聞こえてくる。

ごほっ、ごほっ……。

さっきから、すずは、竈に火を熾《おこ》し、米を炊こうとするが、上手く火が付かなかった。団扇《うちわ》であおいでも煙しか上らない。その煙にいぶされて、思わず咳き込んでしまった。

時刻はそろそろ夕刻で、篠吉が帰って来る頃だった。

亭主が戻るまでには、温かいご飯を用意しておきたいのだが、いくらやっても、なかなか薪に火が付かない。

すずは途方に暮れていた。どうしていいのか分からなかった。そうしている間にも、焚き口からは煙がもうもうと立ち上り、部屋の中に充満していく。

ごほっ、ごほっ……。

慌てたすずは、近くにあった桶で、竈に水を掛けた。

ジュッと音がして灰が立ち上り――その大量の灰で、さらにすずは咳き込んでしまうのだった。


ザッパーッと勢いよくお湯を掛けられて、「ひゃあ」と、思わず声が出た。お湯といっても水に近く、あまりの冷たさに、すずの口から悲鳴が漏れた。

すずとツネは、女中に連れられて、裏庭へ行き、盥《たらい》に張ったお湯で行水をさせられていた。

ごほっ、ごほっ……。

ツネのノミやシラミだらけの着物を脱がせた時、女中は咳が止まらなくなってしまった。ツネの服は、醤油《しょうゆ》で煮染めたような色になっており、はたくと得体の知れない粉が辺り一面、もうもうと立ち込めたからだ。

おまけに父親と旅へ出てからというもの、ろくすっぽ風呂へも入ってなかったようで、髪もベトベトで、くっついて離れなかった。

「こりゃ、強情な髪だね」

いくら梳《す》いても解《と》けない髪に、苛立った女中は、そのままツネの頭を丸坊主に剃《そ》ってしまった。

途中の宿でも、風呂に入る機会はあったのだが、宿屋の主人が渋い顔をして、ツネだけ外の桶で身体だけを拭いていた。

髪がなくなると、ツネはわっと泣き出した。これだけ汚れていても、一応、女の子なんだと、すずは呆れたが、もっと驚いたのは、目が細いものの、案外ツネの顔立ちが可愛らしかったことだ。

「……」

その事に、すずはちょっとがっかりした。

しかし、ツネの疥癬だらけの身体では、いくら洗ってもなかなか汚れが落ちずに、醜い瘢痕《はんこん》があちらこちらに残っていた。

すずも頭を剃られたが、すずの場合は、丸坊主ではなく、頭のてっぺんだけを残す、芥子《けし》頭の形にされていた。

女中は、ツネの着ていた襤褸を、躊躇《ちゅうちょ》なく風呂釜に投げ入れた。そして、すずの着物も捨てようと手を伸ばすが、すずは着物に縋りついた。

「これは、かかが、おらに作ってくれた着物だ！」

その剣幕に驚いて、女中は手を引っ込めた。

「そんな汚れた着物、どうすんだ」と言うが、すずが離さず抱えているので、ブツブツ言いながらも諦めたようだった。

行水から上がると、二人は楼が準備した仕着せを羽織った。

もともと地は赤かったのだろうが、洗い過ぎて色は抜け落ち、襟は垢だらけ。裾も擦り切れている。それでも、今まですずが着ていた野良着よりは、数段マシだった。

着替え終えると、再び一階奥の大きな部屋へ案内された。女中からは、「ここが今日から、お前らの寝るところだ」と教えられた。

押し入れの棚に、自分たちの荷物を入れてもいいと言われ、すずには、先ほど捨てられそうになった着物があったが、ツネには何も入れるものがなかった。なので、すずが、母の着物を丁寧に畳み、棚の中に納める姿を、羨ましそうに見つめていた。

長屋へ帰って来ると、篠吉は口をあんぐり開けた。

目の前に並べられているのは、料亭和平の料理の数々……。重箱に詰めた煮染めや刺身、貝の煮付けに四角く切ったかすてら玉子まである。

すずはと見ると、ペロッと舌を出し、「だってぇ、この忌々しい竈に、火が熾ってくれないいんだもん」と言う。

見ると、竈は水浸しになっていた。

「あーっ！　お前、何してくれているんだぁーッ」

篠吉が思わず大声を上げると、

「だって煙がひどかったのよ。火事になるかと思ったわ」と、すずは、平然としている。

そして、「怖かったよぅ」と甘えると、愕然としている篠吉に向かって、「さ、食べよ、食べよ。冷めないうちに」と何事もなかったかのように勧めるのだ。

夕方になると、これまでの静けさを切り裂くように、鈴の音がシャンシャンと響き渡る。それを合図に三味の音がはじまり、一気に楼内が引き締まった。この三味線のお囃子を清掻《すががき》といった。これを弾くのは、その日当番の振袖新造たちで、夜見世がはじまる暮六つから日付の変わる引け四つまで、交代で弾き続けた。

やがて女郎たちの嬌声《きょうせい》や、若い衆たちの客引きの声、芸者や太鼓持ち等の賑やかな声が聞こえてきて、建物全体が活気を帯びてきた。

ガヤガヤという人の声。女たちの笑い声。二階からは、バタバタとひっきりなしに上草履の音が降り注ぐ中、すずとツネは大広間の隅っこで、大人たちの様子を窺いながらひっそりと茶漬けを食べていた。

そのうちに女中が「もう、疲れたろう。今日はお休み」と言って、先ほどの大部屋へ布団を敷いてくれたので、二人は背中合わせになって一つの布団に入った。

すずは、押し入れから、母の作ってくれた着物を引っ張り出してきて、それを抱えながら寝た。

「かか……」

匂いを嗅ぐと微かに母の香りがした。さみしくて涙が出た。隣に寝ているツネも寝つけずに、じっとしているようだった。

周りの喧騒《けんそう》が聞こえる中、いつしか寝入るすず。もうとっくに無くなっていた筈の、指しゃぶりが久しぶりに出てきた。

こうして、すずの吉原での第一日目が終わった。

「行ってくる」

篠吉がそう声を掛けると、

「あい、行ってらっしゃい」

すずは布団の中から寝呆けた声を出した。

「……」

何か言いたそうにしていた篠吉だが、何も言わずに道具箱を担ぐと出て行った。長屋木戸を出たところで、大工仲間の留吉《とめきち》に会った。

「おっ、この色男、夕べも花魁としんねりやったか」

ふざけて言われるが、苦笑いして答えない。

それもその筈。篠吉はすずを嫁にもらってから、もうひと月以上経《た》つが、その間、意表を突かれる事ばかりだった。

すずは、掃除や洗濯は割とマメにする方だったが、料理だけはどうしても上手く出来なかった。さすがにこのところ、火だけは熾せるようになったものの、米を炊かせるとまだ、粥《かゆ》になったり、お焦げになったりと、ムラがあった。おかずを作らせても、何か一つ味が足りない。なので、勢い夕食の膳には屋台の食べ物や、仕出し屋から取り寄せた物が並ぶようになった。

しかも、買い物にやれば値段も聞かずに、高級な野菜や魚を食べ切れないほど買って来る。長年、宴席で鍛えられたせいで、舌だけは肥えているようだ。しかも吉原育ちではそんなに歩くことも出来ず、「疲れた」と言っては、すぐに駕籠に乗って帰って来た。

いくら大工が、他の職人よりも高給取りだとしても、これでは全然追いつかない。篠吉は次第に、すずの金銭感覚に不安を覚えるようになっていた。

「花魁と夫婦になるとは、こういうことなのか……」

さしもの篠吉も、唖然《あぜん》とするばかりだった。

だが、さすがに大人しい篠吉も、最近では、亭主が出掛けるまで起きて来ず、高鼾《たかいびき》の女房に向かって、「お前ぇはいってえ、どんな生活を送ってきたんでぇ！」と叫びたくなるのだった。

# 第二章　胡蝶姐さん

## 禿生活

「この餓鬼めらが、寝しょんべんしやがって！」

野太い声が降りかかって来たかと思うと、すずとツネはいきなり煙管の雁首《がんくび》で頭を叩かれた。布団が冷たくて目が覚めて、ツネとどちらがしたのかと言い争っていた時だった。あまりの痛さに二人とも泣き出した。

見ると、背の低い、腰が樽《たる》ほどもある肥えた老女が、恐ろしい形相で見下ろしているではないか。二重顎でシミだらけの顔、潰れた獅子《しし》っ鼻、横に大きく裂けた分厚い唇からは、ところどころ抜け落ちた歯が黒々として見える。そして、今、その狡猾《こうかつ》そうな小さな目が怒りを含んでいた。

「とっとと、布団を干しておいで！」

その剣幕に驚いて、すずとツネは泣きながら、濡《ぬ》れた布団を干しに行った。

これが金華楼の遣手婆《やりてばばあ》、お鷹《たか》だった。

遣手とは、各妓楼に一人はいる遊女の世話役、または監視人だった。年季明けでも行く当てのない女郎が務めることが多く、禿に行儀を躾《しつ》けたり、遊女に手練手管を教えたり、客との仲を取り持ったりするのが主な役割だった。

もちろん、稼ぎの悪い女郎に対し、時に激しい折檻《せっかん》を加えたりするのも仕事のうちで、遊女たちから最も嫌われていた。

昨夜は、初日で早く寝たので気づかなかったが、すず達がいた大部屋には、いつの間にか大勢の遊女見習いの少女たち——すなわち、禿や新造が一緒に雑魚寝《ざこね》をしていた。しかも、皆、子どもなので寝相が悪かった。そんな子ども達を、お鷹や女中たちが端から叩き起こしていく。

「さあ、起きた、起きた。早起きは三文の徳だよ。律義者の子だくさん、働き者には蔵が建つ、てね。とっとと顔を洗って仕事しなッ！　この怠け者めらが！」

そう言いながら、次々と子ども等の布団を剝がしていった。

「おや、嫌だ。この子はどこへいったの？」

お鷹は布団の中にいない娘を探していたが、寝相が悪く壁際に転がっている新造を見つけると、その尻を思い切り叩いた。

「まったく、色気も何もあったもんじゃないね。これ、ちゃんと布団の中で寝な！　でなきゃ風邪引くだろッ」

叩かれた新造は、寝呆けながら、「痛い、痛い」と叫んでいる。

すずとツネは、廊下の隅から、その様子を恐ろしげに見ているのであった。

金華楼は、吉原大門を入ったすぐの右にある、江戸町一丁目の奥にある大見世。前面は朱色に塗られた惣籬《そうまがき》の格子で、張見世の壁には定紋である丸に鳳凰《ほうおう》をあしらった絵が大きく描かれていた。

楼主の直次郎は婿養子。女将のお吉がこの家の跡取りだった。そのため直次郎は、女房には頭が上がらないというもっぱらの噂だった。二人の間に子はなかった。

楼には常時、五、六十人の遊女や禿が暮らしており、胡蝶と松川という最高峰の花魁を抱えていた。

外はまだ暗かったが、すでに台所では料理番や飯炊き男が忙しく働いており、ガラガラと井戸の水を汲む音、火を使う音、米を炊く甘くていい匂いが漂っていた。裏庭に面した風呂場では、風呂番の八五郎《はちごろう》が湯を沸かす、パチパチという火のはぜる音も聞こえてきた。

身支度を整えた禿や新造たちが、朝食のために大広間の細長い飯台の前に集まると、女将のお吉がその前に立ち、腕組みしながら訓示を垂れた。

「お前らは、誰のお陰で飯が食える？」

「旦那さんと女将さんです」

一斉に禿と新造が答えた。

「では、お前らが親孝行するのを、助けたのは誰だ？」

「旦那さんと女将さんです」

再び子ども等は答える。

「お前らが一番、感謝すべきなのは？」

「旦那さんと女将さんです」

よろしいと、お吉はうなずきながら、

「では金華楼家訓！」

と言うと、少女たちは口を揃えて唱えはじめた。

「火の始末に気をつけます。お客様を大切にいたします。廊下では遊びません。盗み食いはいたしません。寝小便もいたしません。旦那様と女将さんを親と思い、必ずご恩返しをいたします」

「よしッ！」

お吉が合図をすると、

「おありがとうございます」と、皆一斉に頭を下げて、朝飯に食らいつく。すずも周りに合わせて、口だけ動かしていたが、いざ食事をする段になって驚いた。そこには飯碗に盛られた白飯が載っていたのだ。家では白飯など、ごくたまにしか食べられなかったのに、ここではこれが当り前のようだった。だが飯に対して、おかずは底が見えるほどの薄い味噌汁《みそしる》に、漬物が二切れあるっきり。それでも、お腹の空いた子どもには、天にも昇る食事だった。

すずも思いっきり、目の前にある飯を掻き込んだ。

食事が済むと、すずはお鷹に「何、ぼんやり突っ立ってんだい、花魁を起こしてきな」と言われる。「へえ」と返事をすると、「あい、だよ」と煙管を振り上げられる。すずは、頭を抱えながら急いで、「あいッ!」と言い直した。

吉原では、返事は「あい」と決められているようだった。

お鷹に連れられて、洗面道具を持ち、すずは幅広な階段を上がった。階段は、張見世の後ろに作られており、楼主夫婦のいる内所から、誰が出入りするのかを逐一見渡せるようになっていた。

「花魁はこれから、お前の面倒を見てくださる有難いお方だ。親とも姉とも思って、しっかり仕えるんだよ」

そう言われて、すずは身体を強張らせた。胡蝶の眉根を寄せた顔を思い出したからだ。

「あい」

二階に上がると、廊下の奥の、一回り大きな座敷が花魁の部屋だった。

「胡蝶さん、花魁、入りますよ」

お鷹が声を掛けて障子を開けると、すずの目に、真っ赤な屛風《びょうぶ》が飛び込んできた。全体に美しい牡丹《ぼたん》と蝶が描かれていて、蝶には螺鈿《らでん》でも施されているのか、光が反射して五色にピカピカ光っていた。そこに、打掛けと繻子《しゅす》の帯が無造作に掛けてあるが、黒地の打掛けには雪の積もった松竹に刺繡《ししゅう》があしらわれ、子どもの目から見ても、すぐに高価なものだと分かった。

「花魁、今日から花魁の禿になります、すず虫です。どうぞよろしく」とお鷹に促され、慌ててすずも頭を下げた。

「よろしくおねげぇいたしやす」

途端にお鷹に頭を叩かれた。そして、「おたの申します」と耳元でささやかれ、再びすずは「よろしくおたの申します」と挨拶をした。

すると、屛風の後ろで、もぞもぞと人の動く気配がして、三つに重ねた敷布団の上から女が出てきた。それを見て、すずは仰天した。大あくびをしながら出てきた胡蝶は、赤い腰巻一つの姿で、すずをチラリと見ると、胴抜きを羽織って、そのまま廊下へと出て行った。

その姿を唖然として見送るすずに、お鷹は、すぐさま部屋の箪笥の中から浴衣《ゆかた》とぬか袋を取り出しては、すずに手渡し、

「何をしているんだい、すぐに風呂場へついていきなッ!」と叱り飛ばした。

浴衣を受け取ったすずは、大急ぎで胡蝶の後を追っていく。

廊下では同じく、花魁松川の後ろから、ついて歩くツネとすれ違った。すれ違いざま、ツネはすずに向かって、アカンベェをした。

風呂から上がると、鏡に向かって勢いよく化粧をはじめる胡蝶。女髪結いが来て、豊かな髪をスルスルと巻き上げてゆく。

「さすが花魁、立兵庫《たてひょうご》がよく似合いますねぇ」

「そうかい。今日のお座敷は和泉屋の大旦那だからね。こういう威勢のいいのが好みなのさ」

そう答える胡蝶の横顔は、少年のようにキリリとして美しく、すずは、さっきから見惚れていた。

「時に、お前さんは、どこの在だって?」

　ふいに胡蝶が声を掛けた。突然の事で、座敷の隅で小さくなっていたすずは、あたふたしながら答えた。

「あい、おらは越中茅乃村の出です。ととは繁三、かかはたえと申します」

「そうかい」胡蝶は、すずの動揺など気にもせず、

「ここでは辛《つら》い事も、あるかもしれないけれど、しっかりと気を張ってやっておくれ。今日からお前は、私の妹分なんだから。みっともない真似だけはするんじゃないよ」と言った。

「へぇ」とすずは、かしこまった。

胡蝶は側に控えていた、振袖新造の妹分、川路《かわじ》に、「それはそうと、羽田屋の若旦那に一筆書いておいておくれ」と頼んだ。

「ええっ、またですか」川路は不満そうな顔つきになった。

「姐さん、たまには自分で書いたらどうですか。そうすれば、若旦那だって喜ぶのに」

　しかし、胡蝶は気にしない。長煙管を取り出しては煙草を呑み、

「いいから、いいから。誰が書いたって分かりゃしないんだから。あと和歌も付けといておくれよ。こう、グッとくるやつね」と事も無げに言うのだった。

「知りませんよ、バレても」そう言いながら、紙と筆を取り出す川路を見ながら、胡

蝶はすずに耳打ちした。

「あの子、賢いだろう。頼りになるんだよ。こっちは少しぼんやりだけどね」ともう一人の妹新造、花路の方を顎で差す。川路は瓜実顔《うりざねがお》の目の大きな美人で、いかにも才《さい》気煥発《きかんぱつ》といった感じだが、花路の方は少しぽっちゃりしていて、丸顔の垂れ目で、確かに人の好さそうな顔をしていた。

しかし、当の花路は、姉女郎にそう言われていても、聞こえているのかいないのか、にこにこしながら笑っているだけだった。

そうしているうちに、トタトタと小さな足音がしたかと思うと、真っ黒な髪を額で切り揃えた、可愛いらしい女の子が現れた。

「おおっ、蛍《ほたる》、来たね」

そう言って、胡蝶はその子を膝に乗せると、側にあった菓子を与えた。この子が蛍で、すずと同じく胡蝶の禿なのだった。しかし、まだ幼くて、すずには、五歳くらいにしか見えなかった。

しばらくすると、川路が書き終えた文を渡した。

「姐さん、これでどうですか」

ふむふむと読んでいた胡蝶だったが、「この〝なつかしくもゆかしい吉三郎様〟の後に、〝あちきの本気を送ります〟と書いておくれ」と言う。分かりましたと、川路が付け加えていると、「花魁、花魁」と廊下をドタドタと走ってくる音がした。

現れたのは、太鼓持ちの愛吉《あいきち》。タヌキのように腹の突き出た中年男だが、そのまんまるの目に、なんだか愛嬌《あいきょう》があった。その愛吉が息も切れ切れに、「花魁、頼まれていた髪と指、小塚原で手に入れてきやしたぜ」と懐から包み紙を差し出した。

「ああ、ご苦労、ご苦労」と胡蝶が受け取ると、何やら包みの中からポロリと落ちてきた。

きゃーっ！

それを見た、女たちは一斉に叫んだ。

なんと、床に転がったのは、女の指だったのだ！

すずも青くなり、その場で固まってしまった。

この寒空に、汗を掻き掻き愛吉は、「いやあ、新鮮なものを手に入れるのは、大変でしたぜ。役人に銭握らせたり、河岸見世行かせたりして」と言ってニヤリとした。

胡蝶は金の包みを渡してやりながら、「吉三郎の奴、最近あちきを無視しやがるから、これで一丁、驚かしてやるのさ」そう言って、香箱に指をつまんで入れると、「これがあちきの〝本気〟さ」とさも可笑《おか》しそうに笑うのだった。

夕方になると、再びシャンシャンシャンと、内所に祀《まつ》られた縁起棚の鈴が振られ、一斉に清掻が掻き鳴らされた。それを合図に二階から降りてきた女郎たちが、一人、また一人と張見世に出てきて、決まった席順で左右に並んで座った。格子近くにある大行灯の灯りに照らされて、女たちの艶《あで》やかな姿が、赤々と浮かび上がる。それはまるで天界に住む天女たちが、暗闇の中に舞い降りてきたかのような光景で——すずは思わず息を呑んだ。

格子の外では大勢の男たちがやって来て、女郎たちの品定めをしている。卑猥《ひわい》な声。からかいの言葉。時に起こる笑い声。その喧《かしま》しさ。しかし、男たちの視線もなんのその。女たちは顔色一つ変えずにそこにいた。

その女郎たちの意気地と張りに、すずは言い付かった用も忘れて、しばし魅せられるのだった。

ここはすずが、今までいた世界とは全く違う、色と欲の渦巻く場所であった。

「そりゃあ……辛かったな」

深夜、寝物語で聞いていた篠吉は、隣で寝ているすずを見つめた。その瞳には同情の色が浮かんでいた。すずは、どこか遠くを見ているようだった。

やがて、ふっとすずの顔が綻んだ。

「本当だよ、あんまり叩かれ過ぎて、頭の形がぼこぼこになっちまったわ」

そう言って笑うすずの頭を、篠吉はそっと撫でた。

「……」

「痛かったな」

篠吉に撫でられながら、すずはじっとしていた。その目には涙が浮かんでいた。しばらくそのままでいるが、そのうちに、

「ううん、そんな中でも、いい人はいたからね」

と言って、すずは、篠吉の手を取り、口づけた。

「――！」

「お前さんとか」

そう言って、すずは篠吉を見上げた。その眼差しは真剣だった。篠吉のすべてを信頼しきっているようだった。その姿に篠吉は心を揺さぶられた。

ふと、篠吉は自分の手を取るすずの指に、無数の傷がついているのに気がついた。よく見ると、火傷の痕までもある。

「すず、これは？」驚いて篠吉が問い詰めると、

「これは……、何でもない」と手を引っ込める。

「お前ぇ、もしかして、包丁で？」と聞くが、すずは気まずそうに黙っていた。

「すず……」

自分のために、人知れず努力してくれているのかと思うと、篠吉は嬉しくなり、思わずすずを抱き寄せていた。


廓での生活は瞬く間に過ぎていった。

毎日毎日、お鷹に叱られる日々。朝起きてから夜寝るまで、お鷹の小言は続いた。あたかも、ちょっとの間でも見逃しはしないよ、とでも言うように。

寝しょんべんをした日は、特に辛かった。ツネと共に柱へ括《くく》られ、煙管で頭を叩かれた。ツネがしても、一緒に寝ているというだけで、二人まとめて罰せられた。そんな時は、ご飯抜きの刑が待っていた。

それが終わると、今度は手習いの師匠や三味線の師匠がやって来て、他の禿や新造たちと一緒になって稽古する。すずは三味線は苦手だったが、手習いは大好きだった。分からないところは、川路姐さんに聞けば何でも教えてくれた。姐さんは、茶、書、花、琴、なんでも出来た。暇さえあれば、よく貸本の難しい本も読んでいた。手習いの師匠の代わりに、みんなに教えることもあったほどだ。

対して、花路姐さんはのんびりで、食べることが大好きだった。すずは、年も近い花路とは仲が良く、胡蝶の飼っている黒猫ソラを二人して、盥に入れて洗ったりもした。

だが、大抵すずの仕事は、川路が代筆した文を、揚屋町に住んでいる文使いの徳兵《とくべ》衛爺《え》さんへ、朝夕届ける事だった。数年前に妻を亡くした徳兵衛は、長屋で一人暮らし。すずが来ると喜んで、「すず坊、腹減ってねぇか。上がって菓子でも食いな」と言ってくれるのだ。

半蔵の言った通り、白いご飯が食べられるというのだけは本当で、毎日食べられたが、それも一日二食まで。夜になると決まって腹が鳴った。おかずは味噌汁と沢庵が二切れほど。たまに魚の干物が出るだけで、お腹いっぱいになることはなかった。

食べ盛りの禿や新造たちは、前夜、宴会で客が残した食べ物を取っておき、翌日になるとホタテ貝を鍋に仕立てて、火鉢で煮て食べるのが常だった。時には食べ物を、ツネたち他の禿と奪い合いになることもあった。

そんな時は、胡蝶姐さんが、仕出し屋から好きな物を取ってくれて、すず達はようやく腹を満たすことが出来た。

その他、すずは、風呂番の八五郎爺さんの手伝いで、よく風呂を焚いたり掃除をしたりした。腰の曲がった爺さんは、すずが来ると喜んで「わしは今まで、こんなによく働く禿を知らない」と褒めてくれるので嬉しかった。

霜月のある日。

その日は、妓楼で火防ぎのために、蜜柑《みかん》をまく行事があった。朝から大量の蜜柑が台所に運び込まれ、すずも昨夜から胸を躍らせていた。夜になると、妓楼を貸し切った胡蝶の馴染み、材木商の和泉屋惣兵衛《いずみやそうべえ》が来て、皆に祝儀を配ると、「そーれー」という掛け声とともに、二階の廊下から中庭に向けて蜜柑を投げはじめた。

側に寄り添う胡蝶は、今夜は若衆髷《わかしゅまげ》。余った髪を下げ髪にし、男物の小袖を着て細帯を締めている。それがなんとも凛々《りり》しくて、怪しげで、妙な色香を放っていた。

蜜柑が投げられると、禿や振袖新造たちは、一斉に声を上げ庭に降り立ち、夢中になって蜜柑を拾った。

親元を離れて、毎日泣いていたすずも、この日ばかりは笑顔になり、蜜柑を拾うのだった。

その夜、すずは習ったばかりの文字を使い、初めて母に文を書いた。

「おかか、すずは毎日、白い飯を食べて、上等な着物を着せてもらっています。今日はミカンを食べました。姐さん方は天女かと思うほどキレイでとっても優しいです。おかか、すずは幸せです」

こうして、すずは、少しずつ妓楼の生活に慣れていった。

「行ってらっしゃい」

布団の中から手を振ると、篠吉が溜息をつきながら、出て行くのが分かった。

だって、しょうがないじゃない。私がいたって何の役にも立たないんだから。

すずは唇を尖らせながら、布団を再び被った。

篠吉と所帯を持って、早ひと月あまり。すずは、すっかりやる気を失っていた。はじめはしおらしく、朝早い篠吉のために、米を炊こうと頑張っていたのだが、焦げつかせたり、粥になったりして、どうしても上手くいかなかった。そのうち嫌気が差してきて、すずは朝、起きられなくなってしまった。

それでも亭主が出掛ける際には、布団の中から手を振ることだけは、忘れなかったのだが……。

しかし、お天道様が昇り切り、長屋のおかみさん達の井戸端会議も一段落した頃には、さしものすずも起き出してきて掃除をはじめた。妓楼にいた頃は、姐さん達の身の回りの世話から掃除、洗濯は禿や新造の仕事だった。それを考えると、たかだか四畳半の座敷一つの掃除など屁《へ》でもなかった。ただし、女郎になってからは、一切することはなかったけれど……。

だが、着物を洗って干すところまでは出来るが、傷んだ衣類の綻びまでは直せない。女郎は針を持つことがなかったからだ。いつまでも穴の開いた篠吉の腹掛けを見ながら、すずは溜息をついた。

どうしよう、これを何とかしなければ……。

仕方なく、すずは、通りを隔《へだ》てた向こう長屋に住む、勝五郎《かつごろう》とやえ夫婦の下《もと》へと助けを求めた。彼等との出会いは、あまりに包丁捌《さば》きが下手なすずが、もしかすると原因はこの包丁にあるのではないかと、近所に住む研ぎ師の勝五郎を訪ねた事がきっかけだった。子どものいない老夫婦は、ろくに包丁も使えない不器用なすずを、さながら娘のように可愛がり、何くれとなく世話を焼いてくれた。

やえの指導で、慣れない手つきで針を持ち、不格好ながら、なんとか穴を塞いだすずは、そのまま勝五郎宅に夕方まで居座り、やえの夕飯作りを手伝った。やえから味付けを一から習って、自分でも実際に包丁を握ってみる。

「痛ッ！」

けれど、最初は上手くいかずに、すぐに指が傷だらけになってしまった。

勝五郎夫婦の下を辞すると、今度はぬか袋を持って、そろりそろりと湯屋へ出掛けた。それは見る人が見ると、まるで花魁道中にも見えるのだ。

湯屋から戻った後に、晩飯作りに取り掛かるのだが、やっぱりなんだか美味《おい》しくない。そのうち諦めて、すずは、やえからもらったおかずや、屋台で買って来たものを膳に出す。毎日、似たような菜っ葉類や田楽が夕飯に上るので、篠吉には呆れられたが、自分の作った味気ない飯を、疲れて帰ってきた亭主に食べさせる訳にはいかなかった。篠吉にはいつでも美味しい物を食べさせてあげたかったからだ。

帆立貝で煮炊きをしていた癖で、つい魚屋でも高級な鯛を買ったりするが、これはある意味仕方のない事だった。というのも、吉原での生活は、出された物を食べるだけで、自分で食材を買った事すらなかったのだから。そのため、金銭感覚が少し人とはズレていたのかもしれない。それに、

「亭主には、一番いい物を食べさせてあげたいじゃないか」とすずは思っていた。

いずれにせよ、慣れない廓外の生活で、すずは思わぬ苦戦を強いられていた。

吉原の生活に少しずつ慣れていったすずだが、いつまで経っても慣れないものもあった。

夜明け前、禿たちは眠い目を擦りながら、洗面道具を持って姐さん達の部屋へと向かう。昨夜、泊まった客を起こしに行くためだ。二階の廊下はシンと冷えて、静かだった。灯りの消えた部屋部屋では、男たちの鼾を掻く音や、一晩中起きていたのか、

ぼそぼそと話す男女の声も聞こえてくる。

すずは、突き当りにある胡蝶の部屋へ行くと、そっと障子を開けた。

「もうし、お客人」

声を掛けながら中へ入ると、くくり猿の房の付いた豪華な三つ布団の上に、半開きの口からよだれを垂らし、寝入る男の姿をすずは見下ろした。昨晩泊まった客は検校《けんぎょう》で、まだ夢の中だった。

すずが、いくら経っても慣れないもの。

それは、客と胡蝶姐さんが、同じ布団で寝ていることだった。どちらも肌は露出して、なにやら淫靡《いんび》な匂いまでも漂ってくる。それゆえ、明け方、障子を開ける際には、すずはいつも緊張して身体が硬くなってしまうのだ。

「おや、すず虫。もうそんな時間かい」

そう言って、布団の中から顔だけ起こした姐さんが見せるのは、とても優しい目つきで……。そんな姐さんの表情も、すずは嫌だった。

胡蝶姐さんは、金華楼で一、二を争う呼び出しで、たとえ初会の客が、大枚はたいて芸者衆や太鼓持ちを呼んで座を盛り上げても、ニコリともしなかった。賑やかな宴席をよそに、隣の客人に背を向けては、長煙管をゆっくりと燻《くゆ》らしている。その姿は何とも粋で格好良かった。

客はそんな姐さんの、豪華な仕掛けの隙間から見える、立膝の真っ白な内腿に目を奪われながら、なんとか気を惹《ひ》こうと機嫌を取っていた。

常日頃、そんな男たちの様子を、目にしているすずは、「やっぱり、姐さんは、すごいなぁ」と感心していた。

ところが、客が三度目の登楼ともなると、胡蝶の態度はたちまち豹変《ひょうへん》した。上目遣いでシナを作り、満面の笑みで男を迎え入れる。その様子は、同じ人間かと疑うほどで、それを見ると、すずは、いつもがっかりしてしまうのだ。

そんな胡蝶の姿は見たくなかった。姐さんにはいつでも毅然として、男たちの上に君臨していて欲しかった。そして、あんなに気丈で勝気な胡蝶が、夜ともなると、男たちに組み敷かれる声が、次の間で控えているすずの耳にも入ってきた。それを聞く度に、すずの心は千々に乱れた。

もし自分に力があれば、今すぐにでも出て行って姐さんを助けたい。守りたい。けれど、自分にはそれが出来ないのだ。

すずは、そういう自分を不甲斐《ふがい》なく、また情けなく思うのだった。

それは妹分の川路姐さんや花路姐さんも同じこと。

二人はまだ水揚げ前の振袖なので、お客さんと寝ることはしないが、彼女たち目当ての御隠居さんが来て、一晩を共にしていく。二人は両方から、ご隠居さんの肩に寄り掛かっては甘えたり、三味線を爪弾いたりする。そして、何が楽しいのか、大声で笑ったりしていた。

すずには、姐さん達の行動がさっぱり分からなかった。

しかし、男たちは毎晩毎晩押しかけてきては、女たちを相手に、笑ったり、酒を飲んだりしては騒ぎ、時には、幼い禿にまで卑猥な言葉を投げつけた。

「このこまっしゃくれた餓鬼どもめ！　どれ俺が味見をしてやるぞ」

そう言っては、酔っ払った客が、忙しく働いている禿たちの着物の裾をめくろうとする。そんな時、禿たちは、キャーキャー言って逃げ回った。

「……」

すずは、そういった客の悪ふざけが苦手だった。それどころか、強い憎しみまでも抱いていた。ある夜、禿たちをからかって追い回していた客が、廊下で酒を運んでいたすずにも手を出そうとした。しかし、すずが動ぜずに、逆に相手の顔をじっと見上げたので、興ざめしたのか、「なんでぃ、面白くもない」と捨て台詞《ぜりふ》を残し、行ってしまう――なんて事もあった。

ある日、すずは思い切って、風呂番の八五郎爺さんに聞いてみた。どうして姐さん達はあんな事をしているのだろうか。なぜ男たちはあんなに、姐さん達に触りたがるのだろうかと。

　風呂場の焚き口の前で、すずと一緒に薪をくべていた爺さんは、返答に困ったようだった。「うーん」と言ったっきり、黙りこくってしまった。二人の間には、パチパチと火のはぜる音だけが聞こえてきた。

「あたし、姐さん達が可哀想だ。ねぇ、八五郎爺さん、どうしたら姐さん達を助けることが出来る？　どうしたら」すずは、爺さんの腕をゆすった。「おっとっと」その勢いで八五郎は倒れそうになるが、「そうだな」としばらく考えてから、「人間というのは、死ぬまで相手を求めるものなんだ。男は女を。女は男を」と言った。

「ふーん」

　爺さんの口から、思いがけない言葉が出てきたので、すずは拍子抜けた。

「お前には姐さん達が、可哀想に見えるかもしれないが、なあに、あれはあれで本当は強いのさ。大したもんさね」

「……」

「そのうち、お前さんにも分かるよ」

　そう言うと、元のだんまりに戻ってしまった。

　納得出来ないすずは、まだ何か言いたそうにしていたが、言葉が見つからなかった。

仕方なく、目の前の赤々と燃える火を見つめていた。

男は女を、女は男を求め合う？　一生？

すずには、信じられなかった。それなら、遣手のお鷹も男を求めるのか？　あんな臼《うす》みたいなおかめ婆も？

そう思うと、なんだかクスッとして、すずは笑いがこみ上げてくるのだった。


読み書きが出来るようになると、すずは、胡蝶が借りている貸本を読むようになった。昼間、楼の二階に、大きな風呂敷包みを担いだ貸本屋が回ってきては、お勧めの本を講釈していく。それを聞いているだけでも、すずの心は躍った。女郎たちは、暇が出来ると、文を書いたり、貸本をよく読んだりした。閉じ込められた空間では、楽しみと言えば本を読むことくらいだった。

すずもすぐに、物語の世界にどっぷりと浸かっていった。

その一つに、曲亭馬琴《きょくていばきん》という人が書いた「南総里見八犬伝《なんそうさとみはっけんでん》」というものがあった。元武士という肩書を持つ作者が書くのは冒険活劇で、あっという間に夢中になった。

物語は、敵に城を囲まれた里見家の当主が、飼い犬の八房《やつふさ》にこう言うところからはじまる。

「敵の大将の首を取ってきたら、娘の伏姫《ふせひめ》を与える」

すると、八房は本当に敵の大将の首を取ってきて、殿様は一人娘を嫁にやらざるを得なくなる。こうして、伏姫は、八房と一緒に山の中で暮らしはじめた。

そこへ、どうしても姫を諦めきれない武士、金碗《かなまり》大輔がやって来て、八房を殺そうとするが、誤って伏姫を撃ってしまう。姫亡き後、その首に掛けていた数珠が舞い上がり大空に飛び散っていった。数珠に書かれた「仁義礼智忠信孝悌」の文字の入った八つの玉を持つ者は、伏姫の霊的な子どもで、里見家興隆のために必要だと知った大輔は、その場で出家し、名を、大法師《ちゅだい》と改め、八人の犬士たちを捜しに旅に出る——といった筋書きだった。

特にすずが大好きだったのは、〝孝〟の玉を持つ、犬塚信乃戍孝《いぬづかしのもりたか》だった。信乃が許《いい》嫁《なずけ》の浜路《はまじ》と別れる場面では、それを想像して、切なくて、苦しくて、たまらなくなった。

貸本屋が来た日には、大抵、仕事を忘れて読みふけるので、すずはお鷹に怒られてばかりいた。お鷹は、「なんだい、お前は川路を見習って、学者にでもなるつもりかい。小憎らしい。そんな物おいて、とっとと働き！」と喚くのであった。

お鷹は、弁の立つ川路に、時折口答えされるので、貸本を読む輩《やから》を快く思ってはいなかった。

すずは、大部屋で皆が寝静まった後にも、蓋のついた瓦灯《がとう》をこっそり持ち込んでは、続きを読みふけっていた。

やがて信乃と八犬士の一人、犬飼現八《いぬかいげんぱち》が芳流閣《ほうりゅうかく》の大屋根で戦う場面になると、すずはそれを真似して、ツネを相手に大立ち回りを演じはじめた。ツネは本を読まないが、毎回すずから話を聞いては、「それから、それから」と次を促していた。

「やあやあ、我こそは犬塚信乃戍孝であるぞ！　わしとても無益な殺生は好まぬ。命が惜しければ、もどれ、もどれ」

「なにおっ、この狼藉《ろうぜき》者めが。犬飼現八信道《のぶみち》、討ち取ってくれる！　覚悟しておけ」

「くらえ、村雨丸！」

「なんの、これしき！」

そう言いながら、互いにハッシ、ハッシと箒《ほうき》を振り回し、いつの間にか掃除がチャンバラごっこになっていた。

すると、「うぬら何しやがる、そんなものを振り回して！」と突然、雷が落ちた。見ると、顔を真っ赤にしたお鷹が、煙管を振り回しながら、走ってくるではないか。

「障子が破れたらどうするんだッ！　ええ？」その姿を見ると、子ども等は、キャーキャー声を上げながら逃げ出した。

「助けて、姐さん！」息を弾ませながら、すずが胡蝶の部屋へ飛び込むと、くつろいでいた胡蝶の目が、キッと吊り上がった。

「ちょいと、すず、帯がほどけているよ。まったく、この子はお転婆なんだから」

そう言って、すずを前に立たせると、帯を結び直してくれた。そこへお鷹がやって来て、何か言いたげに口をパクパクさせているが、胡蝶が素知らぬ振りをしているので、「ええい、もう」と悔しそうに地団駄踏んで帰っていった。

お鷹がいなくなったのを見計らって、「本当にやんちゃもいい加減にしなきゃ。女の子なんだから。ほい、出来た！」胡蝶はポンとお尻を叩いた。すずは嬉しくて振り返ると、胡蝶に抱きついた。

「姐さん、おいらの姐さん、大好き！」

そんな胡蝶の思い人は、巴屋《ともえや》の若旦那、空也《くうや》だ。

空也は黒猫ソラをくれた人。自分が居なくても、胡蝶が寂しくないようにとの事だった。

初めて空也を見た時の、すずの衝撃といったらなかった。

その日は夕べから降り出した雪が積もり、目が覚めると辺り一面銀世界だった。目を擦り、擦り、いつものように二階の胡蝶の部屋へ洗面道具を運ぶと、連子《れんじ》の出窓に一人の男が片足を上げ腰掛けているのに気がついた。

男は、流行りの本多髷《ほんだまげ》で、八丈の下着の上から胡蝶の仕掛けを着て、物憂げな様子で頬杖をつき外を眺めていた。肌は男にしては白く、切れ長な目に、頬はうっすらと紅を差したように赤かった。はだけた胸がまぶしくて、すずは、うっかり水の入ったうがい茶碗《ちゃわん》を盆ごと取り落としてしまった。

ガシャン！

その音を聞きつけて、胡蝶が起きてきた。

「何しているの！」

叱られながら、すずは慌てて床を拭き、「すみません、すみません」と半べそになりながら顔を上げると、男が優しく微笑んでいた。

次の瞬間、すずの胸が大きく高鳴った。顔を赤くしながら、すずは目の前の畳を、いつにも増して力いっぱい拭き出した。

それが胡蝶の思い人、空也であることを知って、以来、すずは密《ひそ》かに空也が来るのを心待ちにするようになっていた。

巴屋は、京橋に店を構える呉服屋で、そのせいか空也は、羽二重などを着て、銀張りの煙管に、誂《あつら》え物の煙草入れなどをさりげなく持つような粋人だった。そして、登楼すると決まって居続けをした。時にはそれが、二、三日に及ぶこともあった。

さすがに廓に何日もいると、当然金もなくなってくるが、そんな時は、巴屋から番頭がやって来て、綺麗に払ってくれるので、楼にとっても有難い上客であった。けれど何より空也が来ると、胡蝶の機嫌が良くなった。

いつもは、たとえ高位の客でも、気に入らなければ「好かねぇ」と言ったっきり、梃子《てこ》でも動かぬ胡蝶が、空也が来た途端明るくなり、二人で楽しそうにいつまでもお喋《しゃべ》りをしている。何をそんなに話すことがあるのかと思うほど、二人は笑ったり、泣いたり、時には拗《す》ねたり、怒ったりして、逢瀬《おうせ》の時を過ごしていた。

そんな仲のいい様子に、すずは半ば呆れながら、そして、ちょっぴり羨ましく思いながら見ていた。

その夜も空也が来て、衝立《ついたて》の向こうで、胡蝶と何やら話しては、時折、くすくすと笑う声がしてきた。

次の間で控えていたすずは、胡蝶が借りてくれた「八犬伝」の続きを読んでいた。

信乃と現八を助けてくれた巨体の相撲取り、犬田小文吾《いぬたこぶんご》は、妹ぬいの婿、山林房八《やまばやしふさはち》から、重罪人の信乃を差し出せと迫られていた。白を切る小文吾に、房八は執拗に食い下がり……

と言ったところで、いつしか、すずは、うとうとと火鉢の側で寝てしまった。気がつくと、誰かが自分をふわりと抱いて、布団の中に入れてくれた。薄く目を開けると、それは空也だった。すずは、急にこそばゆくなり、慌てて目を閉じた。

「可愛いね」

胡蝶と空也の間に挟まれて、寝かされたすずを見て、微笑む二人。

大好きな二人に見つめられ、照れ臭くもあり、面映ゆくもあり……、耐え切れず、すずは、寝呆けた振りをして胡蝶に抱きついた。

「ううん、姐さん」

胡蝶は、「この子ったら」と笑いながら、抱きしめてくれた。

温かい布団の中、柔らかな姐さんからは、いい匂いがした。

その香りを嗅ぐと、とてもくすぐったくなって、いつの間にやらすずは、本当に寝息を立てはじめていた。

## 母からの手紙

待ちに待った母からの返事が届いた。

お鷹から、自分の名が書かれた文を手渡されると、すぐさま、すずは大部屋へ飛んでいき巻紙を広げた。そこには、達筆で力強い文字が書かれていた。読み書きの出来ない母は、村の和尚《おしょう》さんに代筆してもらったようだ。

「すず、元気そうで安心しました。ととかかも一所懸命働いているから、もう少しの辛抱だよ。必ず迎えに行くからね。待っていておくれ。旦那様や女将さんの言うことをよく聞いて、可愛がってもらうんだよ」

読み終えると、すずの顔が紅潮した。

「かかが、迎えに来る！」

一筋の希望が見えた気がした。嬉しくて、嬉しくて、胸の奥がジンと熱くなった。しばらく放心状態で、すずがその場に突っ立っていると、ツネと玉虫《たまむし》がやってきた。玉虫は、ツネと同じく松川付きの禿で、すずやツネよりも年長だった。すずはツネを見ると、喜び勇んで、

「見て！　かかから文が届いたの。迎えに来るって！」と叫んだ。

それを聞くと「迎えになんて来ない！　来る筈ない！」ツネはいきなり大声を出した。そして、玉虫と何やら耳打ちをしていたが、「やーい、嘘《うそ》つきすず！」と今度は囃しはじめた。

「一度、ここへ来た者は、二度と出られないんだぞ」

そう言われて、すずも言い返した。

「だって、かかがそう言ったんだもん。必ず迎えに来るって！」

大声で言い争っているうちに、玉虫から「だまれッ！」と殴られて、すずは思わず泣き出した。それを見ると、

「やーい、泣き虫すず！」

「泣き虫、泣き虫！」

と、二人はまたからかった。

その晩、布団の中で、すずは「八犬伝」の中に出てくる、船虫を玉虫と重ね合わせ、思いっきりやっつけてやった。船虫は、主人公の犬士たちに色々と悪さをする悪女で、手を変え品を変え、信乃たちを苦しめていた。想像の世界の中で、犬塚信乃になりきったすずは、毒婦船虫となった玉虫を、妖刀村雨丸でめちゃくちゃに斬りつけてやった。そして、近くで寝ている玉虫を見ながら、「ざまーみろ！」と溜飲を下げるのだった。


「たまご、たまご」

表通りを歩く、ゆで玉子売りの声が聞こえてきて、すずは慌てて外へ出た。

「もうし、そこの人、そこの人」

そう言ってから、「しまった！」とすずは思った。これは吉原流の呼び止め方だっ

だ。よく姐さん達に、お使いを頼まれては、そう声を掛けていたので、「おじさん、こっちにおくれ」と江戸風に言い直した。

すずが吉原を出て、三ヶ月ほど経っていた。しかし、言葉遣いやちょっとした仕草など、まだまだ廓の癖が抜けないでいた。

ゆで玉子を買ったあと、長屋へ戻ると、井戸端ではおかみさん達が、忙しく働いていた。鍋釜を洗う者、野菜を洗う者、洗濯をする者など、賑やかに手も口も動かしている。すずが会釈をすると、女たちは一瞬黙り込み、馬鹿丁寧に挨拶をしたかと思うと、さらに姦しく喋りはじめた。

女たちの甲高い声を避けるように、家へ入るとホッとした。すずは、いまだに長屋のおかみさん連中との付き合い方が、よく分からなかった。

ここへ越して来た時、挨拶代わりにと、佐賀町の橋船屋からわざわざ取り寄せた葛餅を、全員に配ったのが悪かったのか……。吉原では当たり前の事だったのだが……、などと思いを巡らしていた。

吉原を出る時に、これからは普通の女として生きようと決意して、髪型から着物の柄まで、万事地味にしてきたつもりだったが、それでもどうやら自分には、素人衆とは違う雰囲気が漂っているらしい。それは、すずが通る度に、長屋のおかみさん連中の視線が、痛いほど突き刺さる事で勘づいていた。

すずは、傍らにあった鏡で自分の姿を覗いて見た。

髪は……？　うん。丸髷で小さく結っている。じゃあ、着物かしら……？　だが、特におかしなところは見当たらない。縞の木綿に黒襟で、長屋の女たちと同じだった。ただ、衣紋《えもん》だけは深く抜いてはいたが……。

「だって、その方が粋でしょう？」と、すずはつぶやいた。

大体、素人衆は襟をきっちり合わせ過ぎだと思った。あれでは色気もへったくれもない。亭主もたまったもんではないだろう。それに、かみさん連中は化粧をすることもなかった。紅すら差さないのだ。信じられない！　装うのは女の嗜《たしな》みなのに？　すでに女を捨てているのか⁉　すずは、内心呆れていた。

だから亭主が、あたしに鼻の下伸ばすんだよ。すずは長屋に住む男たちが、興味津々、自分に注目しているのに気がついていた。亭主たちは、すずが前を通る度に、熱い眼差しを向けてきたからだ。そんなこっちゃあ、いずれは浮気されちゃうよ。所詮他人事《ひとごと》と思いつつも、すずは、長屋のかみさん連中の緊張感のなさに驚いていた。

夜な夜な廓では何が行われているのか、彼女たちだって知らぬ筈もないのに……。

ゆで玉子を昼食にして食べ終わると、すずは浴衣を持って家を出た。湯屋へ行くためだ。軒先で洗濯物を干していた女房が声を掛けた。

「あれ、おすずさん、今からかい？」

「あい。この時間帯の方が、空いていますんで」

「そうかい。時に、今日は赤い腰巻じゃあないのかい？」

すずは一瞬言葉に詰まり、

「いえ、今日は白でありんす」と、つい動揺して廓訛りが出てしまった。

「そうかい。あたしゃ、また、篠吉さんと一戦交わるために、今夜も赤かと思ったよ」そう言いながら、女房はニヤニヤした。

居たたまれなくなったすずは、木戸を出た。それは船頭政次の女房お勢《せい》で、すずの顔を見る度に、嫌味の一つも言ってくるのだ。

赤い腰巻は、吉原時代に着けていた物で、それを干していたのを目ざとく見つけられ、以来、大袈裟《おおげさ》に騒ぎ立てられていた。

「フン！　腰巻が何だい」とも思うが、表通りへ出ると、後ろの方で、

「腰巻が赤なんだって！」

「まあ、それはお盛んで」

「さすが元花魁」

などとかみさん連中の揶揄《やゆ》する声やドッと笑う声が聞こえてきた。そうなると、やはり、すずの気持ちとて穏やかではいられなかった。

# 第三章　道中騒動

## 花魁道中

春になった。

中央にある仲の町通りに、いつの間にやら、たくさんの桜の木が運び込まれて植えられると、淡い花びらが廓町を一層華やかに彩った。この季節になると、それを目当てに、市中の老若男女が大勢押し寄せてきて、吉原の桜見物を楽しんだ。

金華楼へ着いた時、頭頂部だけを残して剃られたすずの芥子頭も、今では結い上げられるほどに伸びてきた。

楼主からは、「そろそろ、すず虫にも花魁道中を」との打診があり、それを聞くとすずの胸は躍った。

と言うのも、すずは、胡蝶姐さんが毎晩、禿の蛍や川路、花路の妹分を引き連れて、江戸町一丁目から京町一丁目の引手茶屋まで花魁道中するのを、羨ましく思っていたからだ。

道中が出来るのは、一つの楼から、一人ないし二人までと決められていて、金華楼では、最高呼び出しの花魁である、胡蝶と松川にしか許されていなかった。その胡蝶の道中に加えられるのだから、大変栄誉な事だった。しかも、桜の季節で、たくさんの見物人のいる中でのお披露目なのだから、すずが、興奮するのも無理はなかった。


それと同時に、ツネも松川の道中に参加することが決まり、二人はまたもや敵対心を燃やすこととなった。そもそも胡蝶と松川自身が、どちらが金華楼での最上位を張るかで常に競い合っており、末端の禿といえども負けてはいられなかった。

胡蝶がソラという黒猫を飼うと、松川は対抗して虎子というトラ猫を飼った。胡蝶が、すず虫を飼うと、松川もまつ虫を飼うという具合で、一時期楼内は、虫たちの羽を震わす大音量で寝られないくらいであった。

松川は胡蝶より、二歳年長で、面長の顔に切れ長の目を持つ古風な美人で、そろそろ花魁としては色褪《いろあ》せる時期だった。だからこそ、後輩に負けたくないという気持ちがひとしおだったのだろう。

お披露目の日が近づくと、胡蝶は自分の箪笥から茜《あかね》色の着物を取り出して、すずに渡した。蛍とお揃いの、羽衣模様が描かれた振袖で、袖は広袖。袖口に大角豆《ささげまめ》という五色の紐飾りが付いているのが、なんとも言えず美しかった。

しかし、道中で猫のソラを抱くのは、自分だとばかり思っていたのに、蛍の役目になってしまった。代わりにすずに渡されたのは、袋に入った守り刀だった。私のお披露目式なのに、抱かせてもらえないなんて……と、すずはがっかりした。

やっぱり姐さんは、年下の蛍の方が可愛いのだろうか。それとも私が醜いから……？

すずは急速に、自分の右目の下にある赤痣が気になりはじめていた。

皆は、黒猫を抱いた蛍を取り囲んでは、「可愛い」と絶賛している。まるでお人形さんみたいと。確かに黒目勝ちな蛍の瞳は神秘的で、人を惹きつけてやまないところがあった。

すずは蛍を見ながら、生まれて初めて、愛らしいとか、綺麗ということを意識した。見た目がいいということが、これほどまでに女の子にとって、有利になるのかと、少し蛍にやっかみも感じていた。

だが、先輩禿とはいえ、蛍はまだ六歳で、陰に日向に、すずが面倒をみなければならなかったのだ。蛍のおねしょ布団を、お鷹に叱られては可哀想だと、自分が被ったこともある。しかし、そうまでしても、所詮自分は蛍の陰なのか……。すずは意気消沈してしまった。

その夜、元気のないすずに、客の帰った後、胡蝶が聞いた。

「どうしたのさ、すず。いつも元気いっぱいなのに」

すると、見る見るうちにすずの目に涙が溜まってきて、「姐さんは、私と蛍どん、どっちが可愛いの？」と言った
「なんだ、そんな事」と、胡蝶はつぶやいて、すずを膝の上に乗せた。

「もちろん、すずだよ。すずが一番だよ」

「ほんと？　私、可愛い？」

右目の下にある赤痣を触りながら、「これがあっても？」と尋ねた。

「ああ、もちろん、可愛いさ。そんなものは大人になったら自然と消えるさ」

そう言って笑う胡蝶に、すずは大声で泣きながら、胡蝶の胸に顔を埋《うず》めるのだった。


その夜、すずは母へ文を書いた。

「おかか、おら、胡蝶姐さんが大好きだ。姐さんはおらが大人になったら、この痣が消えるとおっしゃったんだ。きっと美人になるって。だから、おいら、うんと美人になって、みんなを見返してやりてえ！　そして胡蝶姐さんのように、立派な、立派な、花魁になりてえんだ。それがおいらの夢なんだ」

しかし、それからしばらくして、胡蝶の座敷の前を通ると、蛍と胡蝶の会話が耳に

入ってきた。

「ねぇ、胡蝶姐さん。誰が一番可愛い？」

胡蝶は、すずと同じように、蛍を膝に抱きながら、

「もちろん、蛍が一番だよ。一番可愛いよ」と答えていた。

「……」

それを聞くと、すずは複雑な気持ちになった。だが、急いでその場を通り過ぎて、しばらくすると、なんだか笑いがこみ上げてきた。胡蝶は誰が一番、ということではなく、「みんなが一番」と言いたかったのだろう。みんなそれぞれに一番だよと。

すずは足を止めると、楼の二階から外を眺めた。廓の外に広がる田んぼは、まだ田植えの時期には早く、地面が割れていた。生暖かい風が吹いてきてすずの顔を撫でていく。それを感じながら、すずは、負けたと思った。蛍には敵わないと。だから私は二番手でいい、そんな風に潔く負けを認める心境になっていた。

程なくして、蛍は〝引込禿〟となった。〝引込禿〟とは、将来有望な花魁候補を、見世には出さずに、女将の手で直々に仕込んで育て上げることを言った。

蛍は将来を見込まれて、お吉の下へ行くことになり、お陰ですずは、黒猫ソラを抱いて、お披露目式を行うこととなった。

いよいよ本番当日。

その日は朝から、妓楼の入口で、すずは髪結いの順番を待っていた。妓夫台《ぎゆうだい》に座って足をぶらぶらさせていると、玉虫やツネもやって来て、早速、みんなで肘の小突き合いがはじまった。そうしているうちに、先にすずが呼ばれた。そして、初めて髪を奴島田に結ってもらった。簪《かんざし》を挿すと、まるで姐さん達になったかのようだった。

それを見た玉虫とツネも口々に、「おいらだって、島田に結ってもらえって花魁が」「兄さん、あちきには、花簪を挿しておくれ。びらびらのたくさんついている奴」などと訴えている。あまりのうるささに「ええい、静かにしねぇかッ！　でねぇと坊主にするぞ」と、髪結いの男の脅す声が、後ろから聞こえてきた。それを聞くと、すずは思わずペロリと舌を出していた。

空が薄闇に染まり、茶屋の軒下に飾ってある提灯に灯りが点《とも》る頃、すずの初めての花魁道中がはじまった。

仲の町通りの桜並木の下。姐さん方に、白粉を綺麗に塗ってもらい、生まれて初めて唇に紅をつけたすずは、見違えるほど可愛らしくなった。赤痣はもうどこにもなかった。鏡の中に映る、どこか大人びた自分の姿に驚きながらも、すずは、嬉しかった。

朱の着物に袖口から覗く襦袢《じゅばん》の色は萌木《もえぎ》色。帯は矢の字結び。歩く度に、ひらひらとなびく袖口の大角豆の飾り紐も夢のようだった。そして両腕には、黒猫ソラを抱いていた。後ろに続くのは、川路と花路。二人は揃いの水色地に桜の花を散らした振袖で、花を添えていた。その後ろには二人と同じく、水色地に桜を散らした着物の上から、金糸で刺繍《ししゅう》をした紅色の縞繻子の豪華な仕掛けを着た胡蝶が、一歩、また一歩と、七寸もある三枚歯の黒塗り下駄を、優雅に外八文字で運んでいた。その立ち姿は、何か威厳すら感じさせるものがあった。

すず達一行が現れると、周りを取り囲んでいた見物人からは、感嘆の声が漏れた。父親に肩車をされた同年代の女の子が、すずのことを羨望の眼差しで見つめていた。その視線に気がつくと、すずは得意になって歩を進めるのだった。

すず達の前には、松川の一行が歩いていた。先頭を歩くのは、もちろん玉虫とツネ。玉虫はトラ猫の虎子を、ツネは市松人形を抱いていた。二人とも松川と揃いの苔《こけ》色地に松模様の着物を着、松川はその上から虎や龍の刺繍の入った黒のビロード地の仕掛けを羽織っている。その後ろに振袖新造が続いていた。松川たちが通った後、突然、

パン、パパーン！

爆竹が爆発し、辺りは騒然となった。

見物人の中の誰かが、悪戯で鳴らしたようだ。だが、その音を聞くなり、今まで大人しかったソラが、すずの手から飛び出すと全速力で駆け出していくではないか。それを見た虎子も「ニャ」と一声鳴いたかと思うと、ソラを追いかけはじめた。だが、

猫の首に掛けていた紐が、玉虫の大角豆に引っかかり、ピンと張った縄のようになってしまった。そこへ松川が足を運んだからたまらない。足を取られた松川は、そのままドウと倒れてしまった。どよめく見物人たち。

すべては、あっと言う間の出来事だった。

一瞬、何が起きたか分からずに、玉虫とツネはその場に呆然と立ち尽くしている。

地面に顔をつけた松川は怒り心頭に発し、鬼の形相で振り返ると、玉虫とツネを睨みつけた。それを見て、青くなる二人。

花魁道中で転倒など許されない事だった。客や世間の注目を普段から浴び続ける花魁が、晴れの舞台で失敗するなどあり得ない事だった。傍らについていたお鷹が、慌てて駆け寄ると、「花魁こちらへ」と近くにあった茶屋へ誘導して行った。

その様子を驚きながら見守るすず。しかし、胡蝶は顔色ひとつ変えずに、先へと進んだ。その肝の据わり具合に、太鼓持ちの愛吉が見物人の中から声を掛けた。

「いよっ、金華楼の胡蝶姐さん、日本一！」

その声に周りからは拍手が湧き起こった。


その夜、玉虫とツネは松川に説教され、お鷹に折檻された。二人は柱に括り付けられ、お鷹に怒鳴られながら、煙管で頭を叩かれていた。泣きながら謝る二人の様子を、ようやく帰って来たソラを抱いたすずが見つめている。

それに気づいた玉虫は、恨めしそうにすずを睨み返した。


そんな事があってから数日後。

その日、すずが目を覚ますと、いつも抱えて寝ている母の着物が見当たらなかった。昨夜も確か、抱いて寝た筈なのに……。驚いて、「ない、ない」と言いながら飛び起きた。

押し入れを開けると、棚の中に入れておいた母からの文も消えていた。嫌な予感がした。あちこち探しながらすずが裏庭へ行くと、風呂場の焚き口に玉虫とツネが立っていた。玉虫の手には、母からの文の束と着物があった。

「それは、かかのだ、返せ！」そうすずが言うと、玉虫は不敵な笑みを浮かべながら、

「はあ⁉　かかだって、馬鹿みたい」と嘲笑った。

そうして、すずが見ている目の前で、焚き口に文を投げ入れた。たちまち文はメラメラと燃え上がる。

「ああ、かかの文が、文が――」とすずは、すぐさま拾おうとするが、それをツネが遮った。あれよ、あれよという間に、文は灰になってしまった。

すずの目から涙が溢れ出した。

「やーい、泣き虫すず！」と、そんなすずをからかいながら、次に玉虫が取り出したのは、母が縫ってくれた着物だった。

「何だい、こんな安物。ここじゃ、物乞いだって着ねえよ！」

「やめろ、かかの悪口を言うな！　それはかかが、嫁入りの時に着ていた物だ」

そう言って、すずが「返せ！」と叫ぶのと、無情にも玉虫が火の中へ投げ込むのと同時だった。

「あーっ！」すずは、悲痛な声を上げた。

それを見ていたツネもさすがに驚いた。いくらなんでも玉虫が、そんな事をする筈はないと、どこかで高を括っていたからだ。ツネはこの着物をすずの母が、どんな気持ちで着せてくれたのかを知っていた。それを着たすずが、どんなに誇らしそうだったのかも……。だが、今ツネは、すずが大切にしている着物が、燃え盛るのを唖然としながら見つめるだけで、何も手出しが出来なかった。

すずはとっさに燃えている着物を、焚き口から引っ張り出すが、大半は燃えてしまっていた。わなわなと震えているすずを、玉虫は笑って見下ろしている。

「やーい、やーい、泣き虫すず」

すると、すずは、キッと玉虫を睨みつけると、そのまま着物を抱えて走っていった。

その後ろ姿を見送りながら、ツネの胸はキュッと痛むのだった。

すぐにすずは、胡蝶の部屋へと飛び込んだ。

異変を察した胡蝶が「どうした？」と声を掛けると、すずは黙って焦げた着物の切れ端を見せた。

「かかの作ってくれた着物が、着物が……」そう言って泣きじゃくるすずに、胡蝶は冷たく言い放った。

「それで、お前は尻尾を巻いて逃げてきたのかい」

「……」

あまりに無下な胡蝶の物言いに、すずは呆然とし、泣き止んだ。

「それで、お前は何もせずに、帰って来たのかって、聞いているんだよッ！」

胡蝶は声を荒らげた。すずは首をすくめた。そんな姐さんを見た事がなかったからだ。その目には、これまでにない程の怒気が含まれていた。

「いいかい、すず。ここ吉原じゃ、やられたらやり返す、それが鉄則だ。でなきゃお前、これからずっと、やられっぱなしだよ。分かっているのかい？」

すずは、コクンとうなずいた。

「じゃあ、どうすればいいか分かるだろう。どうする？」

すずは、下を向きながらボソッと言った。

「玉虫どんと松虫どんを、やっつける」

「声が小さいッ」

「玉虫と松虫をやっつける！」すずが叫ぶと、胡蝶の顔にようやく笑みが浮かんだ。

「そうだ、だからもう泣いちゃいけないよ。今度泣くのは、団子か銭を落とした時だけだ」

そう言うと、

「ようし、じゃあ、やっつけてきなッ！」と、すずの背中を思いっきりドンと叩いた。

「おおーッ！」

胡蝶の後押しで、すずは雄叫びを上げながら、部屋の中から飛び出して行った。

その後はどうしたか分からない。すずの記憶にあるのは、廊下にいた玉虫とツネに、後ろから殴りかかったことだけだ。そうして、お鷹が気づいて飛んで来るまで、二人の上に馬乗りになり、何やら喚きながら、めちゃくちゃに殴りつけたこと。彼女らが泣いても止めなかったこと。そのすべてがすずにとっては、ゆっくりとした動きの中での出来事に思えた。

薄暗い行灯部屋。

背中合わせに縄で縛られた、すずとツネが転がっている。二人とも折檻された痕があり、顔が腫れていた。やはり手足を縛られた玉虫が床に伸びている。喧嘩をした三人は、その後大人たちによって引き離され、今は罰として行灯部屋へ放り込まれていた。

しかし、いまだ興奮冷めやらぬすずは、時折、「ふー、ふー」と息を吐きながら、前をねめつけていた。大切な物を目の前で燃やされた怒りは、どうしたって消えそうになかった。そんなすずの様子を窺いながら、ツネは小声で「ごめんね」とつぶやいた。

「――!」

それを聞くと、すずの目にもようやくじわりと涙が浮かんだ。やがて涙は後から後から溢れ出し、そのうちわんわんと大声になっていった。その様子にツネもずっと、「ごめん」と泣きながら謝り続けた。

その後、すずは母に宛てた文に、こうしたためた。

「かか、かかが縫ってくれた着物は、禿仲間の玉虫とツネに燃やされてしまいました。けれど、おら、最後まであきらめなかったよ。あの二人をやっつけてやったよ。最後にはツネも謝ってくれました。胡蝶姐さんもよくやったと褒めてくださいました。でも、ごめんね、かか。かかの大切な着物、守れなかった。だから、おらが帰った時、また作ってね。おら、ととが迎えに来るまで、いい子で待っているから」

それから数日後、すずが目を覚ますと、枕元に小さな人形が置かれてあった。それを見て、すずは驚いた。何故なら、その人形は燃えた筈のすずの着物を着ていたからだ。あまりの嬉しさに、すずは思わず頬擦りをした。


陽が陰ってきた。

火鉢の前に座っている、すずの手元にも西日が当たっている。表通りではさっきから、子ども達の遊ぶ声が聞こえていた。そろそろ夕飯の支度をしなければ、篠吉が帰ってくる頃だった。

すずは、やにわに立ち上がると、箪笥の中から風呂敷包みを取り出した。それは吉原から持ってきた物で、広げると中から薄汚れた小さな人形が出てきた。

「……」

これは子どもの頃、胡蝶がお針に頼んで作ってくれた人形で、それ以来、肌身離さず大切に持っていたものだ。それを見ると、どうしてもすずは涙ぐんでしまう。胡蝶の優しさが身に染みるのだ。

あれから私は、もう泣くまいと何度も思ったけれど、やっぱり泣いてしまうな。やはり私は〝泣き虫すず〟だわ、と自嘲気味に笑うのだ。

## 九郎助稲荷

日々は瞬く間に過ぎていった。

すずは吉原での生活にすっかり馴染んでいた。

一日の流れは、早朝から胡蝶姐さんの洗面や風呂の世話をした後、自分の稽古事をこなし、昼からは食事の用意や文を出しに行くお使いをする。そして、夕方になると花魁道中のお供をした。もちろん、その間にも掃除や洗濯など、様々な用事を言い付かったが……。その後は茶屋の揚縁《あげえん》に座って、足をプラプラさせながら、お馴染みさんが通るのをひたすら待った。

そうして、姐さんの馴染み客を見かけると、いち早く飛んで行っては、「伊奈八さん、姐さんが待っているよ、早く早く」と袖口を摑んで引っ張り込む。男たちも可愛い子どもに取り縋られると悪い気はしないので、相好を崩してついて来るのであった。

禿に手を引かれるのは、吉原では常連の証でもあり、仲間内での株も上がった。

いつの間にかすずは、そんな大人の男に甘える術《すべ》を覚えていた。媚《こ》びを身につけるようになっていた。夕刻になると、大門前はそんな禿たちでいっぱいになった。

吉原には四隅に稲荷社があり、年中行事が盛んであった。

中でも九郎助稲荷は一番人気で、縁日時には江戸市中の人々も大勢集まっては賑わっていた。

すずはその日、九郎助稲荷の前にかがんでは、通りを歩く人々を見ていた。側には、ツネや玉虫など数人の禿たちもいる。目の前には、縁日の出店がずらりと並び、簪や髷紐、大福帳や煙草入れ、落雁《らくがん》に貝細工の人形、果ては植木に金魚まで、およそ売っていない物はないと言うほど、たくさんの品で溢れ返っていた。

そんな中、馴染みの旦那を見つけるや否や、禿たちは一斉に取りついた。「ねぇ、権蔵さん、あのお人形買って、買って！」「ねぇねぇ、あちきには、粟餅を」

馴染み客たちは、最初のうちこそは鼻の下を伸ばしているが、そのうち困り顔になる。禿たちの要求が際限ないからだ。中にはその様子を見て、慌てて遠回りをする客もいるくらいだった。

すずは、通りを歩いて来る空也の姿を見かけると、すぐに走っていき、その袖に取りついた。

「ねぇ、空也さん、あちきに芥子焼を買っておくれ。それとあの狐のお面、ねぇ、買って、買って」

空也は、参ったなァという顔で、苦笑いをしているが、すずに、ねだられるまま買い与えると、そのまま妓楼へと連れて行かれた。

するとと今度は格子の中から、「空也さん、あちきには、くず餅を買ってきておくれ」

「あちきにゃ、筆を一本、きっとだよ」などと、さらにねだられた。

頭を掻き掻き、また元の道へ戻る空也に、胡蝶が呆れたように言った。

「もう、空也さんったら、人が好いんだから」

すずが、他の禿たちと一緒にお面を被り、飴を舐め舐め、ふざけながら稲荷社から帰って来ると、お鷹から文を渡された。

「おっ母さんから、便りが来ているよ」

「本当⁉」

大急ぎで大部屋へ戻ると、そこには例の達筆な字で、故郷の近況が綴られていた。

「すず、元気そうでなによりです。今年は稲もすくすく育って、久しぶりに我が家でも白米を炊きました。茂吉も佐代も〝うめえ、うめえ〟と喜んで食べましたよ。

近くの鹿野神社の奉納で、茂吉は的当てで一等を取り、鎧兜《よろいかぶと》を貰いました。とても似合っていて、立派なお侍さん姿になりましたよ。

佐代もぼた餅に食らいついて、口の周りが餡子《あんこ》だらけになりました。すずにも食べさせてやりたいけれど、そちらでは美味しい物がたくさんあるだろうから、こんな田舎の食べ物はもう口に合わないかもしれないね。

隣のウシ婆も、すずが、花魁道中で、綺麗な着物を着て堂々と歩いたと言うと、すずちゃんは、たいそう出世したねと喜んでおりました。かかも鼻高々です」

「……」

それを読むと、どういう訳だか急に、すずは一人ぼっちになったような気がした。自分の預かり知らぬところで、皆が幸せそうにしている……。その事になんだか一抹の寂しさを覚えてしまうのだ。そして、買ってもらったお面や芥子焼の袋までが、なんだか急速に色褪せて見えてきた。

いつもなら、文を読むと嬉しそうに話すすずが、黙って部屋から出ていったので、ツネは不思議そうに見つめていた。

深夜、皆が寝しずまった後に、すずは布団の中で母に宛てて文を書いていた。

「おかか、今日はお客さんに、芥子焼を買ってもらいました。これは口に入れると甘くて、まろやかで、とっても美味しいんだ。茂吉や佐代にも食べさせてあげたいよ」

少し考えてから、隣に芥子焼の絵を描いた。

そして、最後にこう付け加えた。

「すずは、元気です」

「じゃあ、行ってくる」

大工道具を担いだ篠吉が、すずに声を掛けた。

「あい、行ってらっしゃい。後で弁当を届けるからね」すずがそう言うと、「おう」と篠吉は元気よく飛び出して行った。

すずが、篠吉の女房になってから、半年ほど過ぎた。その間、苦手な料理にも果敢に挑戦し続け、今では、篠吉の仕事場へ弁当を届けられるまでになっていた。それを教えてくれたのは、向こう長屋のやえで、一時期すずは、やえの所へ通いつめ、包丁捌きから煮物の味の付け方まで、みっちり仕込んでもらった。

口には出さずとも、勝五郎とやえの夫婦は、身寄りのないすずにとって、江戸での両親の代わりのようで、何か頂き物があれば持って行ったり、やえの買い物に付き合ったり、疲れたと言えば肩を揉んだりと、親しく付き合っていた。

だが、篠吉が入口の障子を開けた途端、聞こえてくるおかみさん連中の声に、すずの顔がさっと曇った。ようやく長屋の生活にも馴染んできたが、どうしても馴染めないもの、それは長屋のおかみさん連中との付き合いだった。

すずは、女房たちの狭い長屋暮らしの、裏も表も知り尽くしたような濃密な関係に入ることが出来なかった。否、すずだって、入ろうとは努力したのだが、なにせ彼女らは、朝起きてから夜寝るまで、井戸端や誰かしらの家へ集まっては、日がな一日、お喋りに興じているのだ。

その合間、女房たちがどうやって家事をこなしているのか、すずには皆目見当もつかなかった。

いつもどこかしらから聞こえてくる、賑やかな女たちの笑い声や、子どもを叱り飛ばす声、その後に響く子どもの泣き声に、すずは圧倒され、気後れし、どう足掻いてもその中に溶け込めそうになかった。

はじめにその輪の中に入れなかったら、その後も入れない。すずは少しずつ外へ出るのが億劫《おっくう》になっていった。朝飯が終わると、井戸端で洗い物をしなければならないが、誰かがいると思うと行きにくい。一人くらいなら大丈夫だが、二人、三人ともなると、どうしても声が掛けにくかった。

そんな気持ちが伝わるのか、かみさん連中もすずが来ると、挨拶もそこそこに消えてしまう。気がつくとすずは、いつもポツンと一人でいるようになっていた。

そんなある日のこと。

長屋のある家で、嫁いだ娘が懐妊して帰ってきた。

井戸端でお腹の大きな娘を取り囲み、かみさん連中が、ああでもない、こうでもないといつものように談義を交わしていた時のこと。

ちょうど通りかかったすずは、それを見て、「おめでたですかい」と気軽に輪の中に入っていった。そして、「わあっ、ちょっと触らせて」と娘の腹に手を当てようとしたその時だった。「ちょっと、ちょっと」とお勢が娘を脇へ呼んで耳打ちした。

「あの人、吉原の女郎だったのよ。触らせて、お腹の子に何かあったらどうするのよッ」

それが漏れ聞こえて来て、すずは目の前が真っ暗になった。

吉原の女郎は病気持ち。うつされては大変！　ということか――。

すずは、すぐさま作り笑いを浮かべると、そのまま自分の家へと取って返したが、どうやって帰ってきたのか、まるっきり覚えていないのだった。

## 胡蝶死す

冬になり、胡蝶の体調が優れない日が続いていた。

季節柄、風邪でも引いたのかと思って、はじめは、すずに灸《きゅう》など据えてもらったりしていたが、日に日に痩せ細り、ついには起き上がることもままならなくなってしまった。

ご贔屓《ひいき》の旦那衆らが心配して、精のつく物と言っては、うなぎや高価な高麗人参などを贈ってくれたが、一向に良くなる気配がなかった。

そのうち、ポツポツと小さな吹き出物が出来はじめ、日に日に多くなっていった。

すずは、十二になっていた。

川路姐さんは、名を胡琴《こきん》と改め花魁に、花路姐さんは花蝶《かちょう》と名乗り、部屋持ちになって、それぞれ一本立ちしていた。

一時は療養にという話も、楼主からは出たのだが、いつの間にか立ち消えになり、医者にも相談するが首を横に振るばかり。見込みがないと判断したのか、ある日、直次郎は胡蝶を行灯部屋へと放り込んだ。

その日の出来事はよく覚えている。

それまで「姐さん、姐さん」と胡蝶を下へも置かずにいた若衆らが、突然部屋へドカドカやってくると、姐さんの布団を乱暴に引っぺがし、階下の薄暗い行灯部屋へと連れていったのだ。

驚いたすずは、「何をするんだ。姐さん、姐さん！」と叫ぶが、後ろからお鷹に羽交い絞めにされた。

「諦めな、瘡《かさ》っ掻きじゃ、どうにもならないんだよ」

お鷹からは、「行灯部屋へは近づくな」とキツく言い渡されていたが、居ても立っても居られずに、すずは人の目を盗んでは、度々胡蝶に食事を運んだ。

行灯部屋に移されてからは、赤い吹き出物は全身に広がり、美しかった胡蝶の顔は見るも無惨になっていった。

しかも、あんなに気丈だった姐さんが、今では「すまないねぇ……」と弱音しか吐かない。その言葉を聞くと、すずは悲しくなった。

「姐さん、しっかりしてください！　姐さんはこの金華楼一の、花魁じゃありませんか」そうすずが励ましても、

「そんなものはとっくに昔のこと。今じゃあ、病気持ちの婆だよ、もうダメさ」と自嘲気味につぶやくばかり。

そうして、ぽつりぽつりと、自分の身の上話を語りはじめた。

元は武蔵野国の富農の娘だったと言う胡蝶は、十六歳の時に吉原に身を沈めた。惚れた男のためだった。男は胡蝶の住む村へやって来た、旅芸人一座の者で、周りの土臭い男たちとは段違いに粋で鯔背《いなせ》だった。

駆け落ち同然で江戸へ出て来たが、食えなくなると、男は胡蝶を吉原へ売った。売っただけでは飽き足らず、金に困る度に無心に来た。そのため、借金はいつまで経っ

ても減らず、それが胡蝶を苦しめていた。

「男を絶対に信用してはならないよ」

胡蝶は、薄い布団の中から、やせ細った腕を突き出すと、すずの手を握った。

「お前がこれから頼るのは、自分自身だ。自分だけは絶対に自分を裏切らない。だから お前は、自分を一番大切にするんだよ」

「……」

胡蝶が、何を言っているのか分からなかったが、それでもその真剣な眼差しに、すずは思わずうなずいた。

「でも、空也さんは？　空也さんなら、姐さんを裏切らないですよ」

そう言うすずに、胡蝶はぐっと言葉に詰まった。

「それでも、男なんざは信用なんねぇ」

絞り出すように吐き捨てた後、力尽きたのか胡蝶はぐったりとなった。

それを見て、すずは悟った。

姐さんは長くない……と。

その夜、すずは空也に向けて、初めて文を書いた。

「姐さんは、空也さんをお待ち申しております。どうか、一目だけでもお姿を見せてはもらえないでしょうか」

しかし、待てど暮らせど、空也からの返事はなく、毎日祈るような思いでいたすずは、肩透かしを食らったような気がしていた。

その日は、冬の寒さもひと段落した麗かな日和だった。

楼内の中庭に積もった雪も、陽に当たって溶け出して、椿の赤い花弁が見え隠れしていた。

行灯部屋を覗くと、珍しく胡蝶が起き出して中庭を見つめていた。すずに気がつくと、その顔にゆっくりと笑みが広がった。それを見ると、すずも嬉しくなった。

その日は調子が良さそうだったので、すずは熱い湯で胡蝶の身体を拭き、髪を梳いていた。だが、櫛を入れる度に、長い髪の毛がごっそり抜けるので、怖くなったすずは、表面をなぞるだけにした。

胡蝶は目を閉じて、気持ち良さそうにしている。庭からは鳥の声も聞こえてきた。

「すずだけだよ、こんなに良くしてくれるのは」

突然、胡蝶が言った。

「ありがとう」

いきなり礼を言われたので、すずは照れ臭くなるが、すぐに言葉を失った。

胡蝶の横顔が、何か別人のようだったからだ。青白い顔は疱瘡《ほうそう》だらけ。しかしその肌の向こう側は、透けて見えるほど薄かった。それなのに、瞳は逆に異様なほど輝いていた。

「ああ、気分がいいね。どれ鏡を取っておくれでないか」

胡蝶にそう言われ、すずは戸惑った。このまま鏡を渡していいものか。胡蝶はまだ、自分の容貌がここまで崩れたことを知らないのだ。

「どうしたの、早く取っておくれよ」

何度も胡蝶に促され、仕方なくすずは手鏡を渡した。

鏡を覗いた瞬間、胡蝶の息を呑む音と、嗚咽《おえつ》する声とが同時に聞こえてきた。

胡蝶は信じられないといった表情で、鏡の中の自分を覗き込んでいる。そして半泣き笑いで、すずの方を見た。すずは、とても目を合わせられなかった。胡蝶が顔を歪《ゆが》めながら髪の毛を摑むと、ばさりと音がした。見ると、髪の毛が抜け落ちている。その刹那、胡蝶の口から悲鳴が上がった。

それから何日も、金華楼は不穏な空気に包まれた。行灯部屋からは昼夜ひっきりなしに、女の甲高い笑い声やすすり泣く声が聞こえてきたからだ。それが楼内に響き渡り、女郎衆を苦しめた。客さえも「この楼には何だい、幽霊でもいるのかい」と気味悪がった。

「ええい、あの死に損ないめ！」

直次郎とお吉は、その声を聞く度に、耳を塞いで悪態をついた。

「いっその事、殺してやろうか」

二人は、夜もうなされて寝られずに、気が触れそうになっていた。

すずは気が気ではなかった。あれ以来、行灯部屋には見張りが立ち、おいそれとは近づけなくなってしまったが、胡蝶が正気を失ったのだけは確かだった。

「姐さん、姐さん……」声を聞く度、すずは心の中で、そう呼びかけるしかなかった。

やがて、その声がパタリと止んだ。

大引け後、急いですずが行灯部屋に駆け付けると、暗い部屋の中に、胡蝶が横たわっていた。それを見るなり、すずは、わなわなと震え、その場にへたり込んだ。

その顔は最期に何を見たのか恐怖で引き攣《つ》り、骨と皮ばかりになった手が、虚しく空を摑んでいた。

「……」

すぐに八五郎が来て、胡蝶の遺体を菰《こも》に包みはじめた。これから近くの浄閑寺《じょうかんじ》まで行って捨ててくると言う。「お前ぇは早く寝ろ」と言われるが、居ても立っても居られないすずは、八五郎の作業をじっと見守っていた。

時刻は、草木も眠る丑三《うしみ》つ時――。

大部屋で皆が寝静まる中、お歯黒どぶに、ガラガラと跳ね橋の架かる音がした。

この橋が架かるのは、火事か女郎の遺体を捨てる時しかなかった。その音をただ一人、布団の中で聞いていたすずは、先ほど八五郎に言われた事を思い出していた。

大八車に胡蝶の遺体を乗せたあと、手を合わせているすずに向かって、爺さんはおもむろにこう口を開いたのだ。

「お前ぇは、こうなってはいけないぜ」

ふいを突かれ、すずが当惑していると、八五郎は、

「生きて、生きて、ここを出るんだ」と言った。

「それが胡蝶へのはなむけだ」

「……」

それを聞くと、すずは背筋がピンと伸びるような気がして、大きくうなずいた。

八五郎の言った事は、何かすずに予兆めいたものを感じさせた。無残な胡蝶の最期と相まって、何か恐ろしい事が、自分の身にも降りかかる気がしていた。

それが何かは、判然とはしないが、姐さんを殺し、お女郎たちをも苦しめる〝それ〟が、自分にもやってくるのは確かな事だった。自分は〝それ〟に打ち勝たなければならない。でなければ、姐さんのようになってしまう……！

すずは、その夜、まんじりともせず、布団の中で夜を明かした。

あたかも不浄のように扱われて以来、すずは、長屋のおかみさん達の目を盗んでは、井戸や厠を使うようになった。周りの人々から忌避されていると知ったからには、顔を合わせるのが辛かった。

炊事も誰も居ない頃を見計らってやる。なので、米を研ぐのも野菜を洗うのも、時には暗くなってからということにもなった。そんなすずを心配してか、篠吉が、

「明日でいいのに」と言っても、すずは、

「ううん、朝のうちは井戸が混むから、今のうちにやってておくわ」と取り合わなかった。すずとしては、何が何でも亭主にだけは、朝から精のつく物を食べさせて送り出したかったのだ。

今では篠吉は、すずの料理を「美味しい、美味しい」と言ってよく食べるようになっていた。夫婦になった当初の、一口食べては箸を置くといった状態とは雲泥の差だった。そのため、すずは料理が面白くなり、もっと、もっと、美味しい物を食べさせてあげたいと思うようになっていた。なので、たとえ周りのおかみさん達の目があったとしても、それだけは止められなかった。今のすずは、昔のやる気のなかった頃とは別人のようになっていた。

そんなすずが付き合うのは、同じ長屋の住人ではなく、勝五郎夫婦や、やはり三軒

向こうの長屋に住むシカだった。シカに亭主はなく、まだ幼い子どもを一人抱え、朝早くから男のような格好で、天秤棒を担いでいた。

二人の付き合いは、売れ残った魚を前に、シカが途方に暮れていた時、すずがすべて買い上げたことがきっかけだった。年の近い二人は、すぐに仲良くなり、シカは売れ残りの魚を捌いては、よく持ってきてくれたりした。

シカは無駄口も利かず、さっぱりとした気性の持ち主だったので、すずの前身のことも知ってか知らずか、「すずさんって、綺麗だね」と邪気のない笑顔を向けるのだ。

仲の良い人たちも幾人か出来、また職人の女房としての自覚も出来てきて、すずの生活は急に活き活きと彩りはじめた。

# 第四章　花魁蝶々

## 水揚げ

胡蝶が亡くなってから、五年後、すずの水揚げの日がやって来た。

その間、すずは風花《かざはな》と名を変えて、胡琴の妹新造となっていた。

胡琴は胡蝶亡き後、金華楼一の呼び出しとなっていた。美しく教養もあり、品もある胡琴は、まさに百年に一度の名花と謳われていた。

もう一人の姉女郎、花蝶は相変わらず体型もぽっちゃりでのんびり屋だったが、意気地と張りが何より幅を利かす吉原では、花魁とはなれず部屋持ち止まりだった。

すずは、胡琴の世話で振袖新造となった。新造になると、見世からお仕着せの赤地に孔雀模様の振袖を貰い、姉女郎の名代を勤めることもあった。

新造は基本、客は取らないが、姉女郎に何人もの客が来ている間、待たせている客の話し相手をする事があった。その場合でも、決して客とは交わってはいけなかった。どんなに相手に言い寄られようが、姉女郎への義理立てをするのが筋だった。そうしているうちに、客あしらいを自然と身体で覚えていくようになるのだ。

やがて、十七になった時、すずにもいよいよ、女郎として一本立ちする日がやって来た。初めての客を取る――水揚げ――をするのに、楼主の直次郎は、胡琴にすずの〝道中突き出し〟を依頼した。胡琴は「誉れでありんす」と二つ返事で引き受けた。

女郎が水揚げをする直前に行う〝突き出し〟の儀式には、二通りある。一つは、花魁道中をして大々的に宣伝をしてお披露目をする〝道中突き出し〟と、お披露目をせずにすぐに見世に出て客を取らせる〝見世張り突き出し〟だ。当然、道中突き出しをする新造は、将来の花魁候補となるもので、そのお披露目に掛かる費用も馬鹿高く、一説には三百両とも、五百両とも言われていた。

快く引き受けてくれた胡琴とて、そんな大金がある筈もなく、すべてはご贔屓さんに出させるのだ。水揚げに際し、すずは亡くなった胡蝶から一文字貰って、名を蝶々と改めた。胡蝶姐さんの心意気を自分が受け継ぐ覚悟であった。

道中突き出しなど叶うべくもなく、水揚げを終えたツネは、常吉《つねきち》と名乗り、すでに見世へ出て客を取っていた。玉虫こと松露《しょうろ》も部屋持ち女郎となっていた。

二人の姉女郎だった松川は年季が明けると、同じ吉原の鉄砲横町の小間物屋の女房に収まっており、時折妹女郎たちの所へ顔を出しに来た。二人は何やかやと理由をつけては見世に来て、「あたしの頃は」と説教を垂れる松川に対し、「何だいあれ、自慢しに来たのかい」「本当だよ、用もないのに何しに来るんだよ」と毒づいていた。

突き出しの日が決まると、山谷町に住む女衒の半蔵が親の代理として呼ばれ、又証文が交わされた。これは禿時代の期限が切れたからで、新たに女郎としての証文を交わさなければならないためだ。期限は十年。苦界十年のはじまりである。この時支払われた金額がすずの前借金となるのだが、そんな事とは露知らず、内心気が気ではなかったすずは、急ぎ田舎の母へ文を書き送った。

「おとと、おかか、ご無沙汰しております。今年はお天気が良かったので、米がたくさん穫れたのではないでしょうか。すずの奉公も十年が経ちました。そろそろ村へ帰りたいのですが、今年は迎えに来られるでしょうか」

すずは村を出る際、「必ず迎えに行く」という父の言葉を、この年になるまで信じていた。しかし待てど暮らせど、故郷からの便りは芳しくなく、やれ、「今年は日照り続きで」とか「野分が来て、家の修繕代が」など景気のいい話は聞こえてこなかった。

「今年はいい米が出来て」という年ですら、すずを迎えに来るという話は、ついぞ出なかった。がっかりしながらも、それでもすずは、ひたすら待ち続けていた。だが、しばらくして届いた母の便りを読んだ時、すずは「あっ」と叫んで、文を取り落としてしまった。そこには、なんと、父の繁三が急死したと書かれてあったからだ。

繁三は、稲刈りも終わり、あとは村の祭りを待つだけという時に、川の普請に駆り出され、足を滑らせ、そのまま下流まで流されてしまったという事だった。大雨の後で川の流れが速かったそうだ。

そうして、文の最後には、「この間半蔵さんが来て、すずの奉公代として十両を置いていってくださいました。こんな時なので、本当に助かりました」と結ばれてあった。

おととが死んだ。

すずは、目の前が真っ暗になった。これで辛うじて持っていた希望の光も潰《つい》えてしまった。もう父が迎えに来ることはない。自分は一生、この妓楼に閉じ込められたままなのだ。そして胡蝶のように、血肉を吸い取られながら惨めに死んでいくんだ。そう思うと、すずは、奈落の底に突き落とされたような気がした。

しかも、母はそのことを知っていた。知っていながら、自分には何も知らせてこなかったのだ。自分だけが知らなかった……。そう思うと、全身の血が一気に逆流したように、耳まで赤くなってしまった。

これですずの水揚げは決定的となり、数日間はろくに食事も喉に通らなかった。

「どうした、すず虫」

異変に気づいた常吉が声を掛けた。今では蝶々なのに、ツネはいまだに禿時代の名前で呼んだ。すずが訳を話すと、常吉は「なあんだ、そんなこと」と涼しい顔をして、

「あんなもの、痛くも痒《かゆ》くもなかったわよ」と得意げに語るのだった。

しかし、いくらそう言われても、すずの気持ちは晴れなかった。子どもの頃から何度女郎衆が水揚げの日に泣いていたことか……。すずはそれを見て、よく知っていた。何か恐ろしい事が起きる、自分の身にも……。そして、それは最早、取り返しのつかない事なのだ。

すずは、絶望していた。

突き出しは、霜月の朔日《さくじつ》に決まった。

胡琴姐さんは、すずのために、親しい七人からお歯黒を分けてもらった。鉄漿《かね》をつけるのは、市井の女性達が婚姻する際に倣ったもので、それを禿につけてもらいながら、すずはなんだか照れ臭かった。それが済むと、楼内はもとより、知り合いの茶屋や船宿、はたまた仲間内から顔見知りに至るまで、そばや赤飯、竹村伊勢の蒸し菓子

などを配った。竹村伊勢は吉原内にある高級菓子店で、祝い事がある度に、ここから取るのが習わしだった。

　当日は、見世の前に四角い蒸籠《せいろう》を積み重ね、その上に白木の台を置き、縮緬《ちりめん》や緞子《どんす》、錦などの高価な着物を飾った。同じく胡琴の座敷にも、白木の大台が運ばれ、そこへ反物や煙草入れ、扇、手ぬぐいなどを載せ、見世に出入りするすべての人にご祝儀として贈った。その一切合切の準備から費用まで、丸ごと姉女郎の胡琴持ちだった。

　妹女郎の道中突き出しは、姉女郎にとって「御役」と言われ、大変栄誉なこととされるが、これはある意味、楼主側にとって都合のいい、花魁への借金背負わせ方法でもあった。

　着々と準備が整い、もう逃げられないと悟ったすずは、覚悟を決めた。

　生まれて初めて新調した、自分用の振袖を着せてもらい、高島田に結った髪に前挿しを三本、後ろへはめでたい孔雀の羽根をあしらった簪を挿す。そして、白粉を塗った上から目元に紅を差すと、なんだか今迄《いままで》の自分とは別人のようになった。

「いやあ、まるで開きかけた芍薬《しゃくやく》のようね」

　後ろから鏡を覗き込んだ胡琴が、驚きの声を上げた。そして、緊張で硬くなっているすずに、「すずちゃん、大丈夫だからね。大丈夫」そう言って優しく肩を抱いてくれた。

こんなに綺麗に仕立ててもらいながら、それでもすずは、あたかも罪人が刑場へ引きずり出されるような心境だった。そうして、気もそぞろに、「こんな事がない世界へ行きたい」と頭の隅でぼんやり考えていた。そう、もし出来うるなら、「八犬伝」の世界のような、無邪気な冒険の旅へ出てみたい！　しかし、鏡の中に映る自分は、今にも泣き出しそうな顔をした、か細い少女でしかなかった。

## おしげりなんし

それからすずは七日間、毎日着物を取っ替え引っ替えして、胡琴に連れられ仲の町を挨拶に回った。金華楼の定紋入りの箱提灯を持った若い衆を先頭に、胡琴は着飾ったすずや振袖新造、禿や遣手や太鼓持ちなどを引き連れて、たそや行灯の点る中を練り歩いた。その一行の豪勢なことと言ったら……。近年まれにみる立派な道中だと評判を取ったくらいだった。

やがてお披露目も終わると、いよいよすずの水揚げの時がやって来た。

初めての相手は、金華楼の得意先の一つでもある、船積《ふなづみ》問屋の隠居、土浦屋佐兵衛《つちうらやさへえ》だった。直次郎よりぜひにと頼まれた佐兵衛は、五十がらみのでっぷりと肥えた男で、隠居なら初めての娘に手荒いことはせず、優しく導いてくれるだろうという、楼主の魂胆もあった。

覚悟は出来ていたつもりだったが、いざとなると、やはりすずの気持ちは千々に乱れた。

部屋へ入ると、婚礼祝いの代わりに贈られた、三つ重ね布団が敷いてあり、その上へくつろいだ佐兵衛が座っていた。あぐらを掻いた股ぐらからは白い褌《ふんどし》が覗いていて、それを見て青くなったすずは、慌てて引き返そうとした。すると、後ろから、遣手のお鷹が歯抜けの口をニッとさせ、「おしげりなんし」と上目遣いで睨むと、ぴしゃんとすずの目の前で障子を閉めた。

「……」

いつまで経っても側に来ようとしないすずに、「蝶々、こっちへ来んか」と佐兵衛が声を掛けた。仕方なく、布団の上に這《は》い上り、側へ寄るが、どうにも恐ろしい。すずの引き攣った顔を見て、気持ちをほぐそうとしたのか、佐兵衛は「どうした、気分でも悪いのか」と言いつつ、すずの手を取った。

「どれ、わしが一つ見てやろう」

そして、「うん、ここか、ここか」とすずの指を揉んでいく。しばらくそうしていたが、やがてその手が袖口に入り、じわりじわりと奥の方まで進んでいった。肘の辺りへ来ると、ぞわぞわと虫唾が走り、もう限界だった。

「ぎゃーっ!!」と叫んで、佐兵衛を突き飛ばすと、すずは一目散に部屋から飛び出した。

廊下にはお鷹が耳を澄まして立っており、逃げて来たすずを捕まえようとする。だが、すずはその手を振り払い階下へと逃れた。

「ちょいと、捕まえておくれ、その娘を捕まえて!」お鷹の叫ぶ声に呼応して、何人かの若衆がバラバラと近づいてくるが、すずは泣きながら、出口を求めてさまよった。

程なく男たちに捕らえられたすずは、内所でお鷹や直次郎にさんざん説教をされた。

「蝶々、お前は親の貧乏を助けるために女郎になったんだろう? だったら、ここでうんと稼いで、親を楽させてやらなきゃどうする? ええ!」

「旦那さんのおっしゃる通りだよ。しかも、土浦屋のご隠居は上客なんだよ。本来ならお前の相手なんて、勿体《もったい》なくて出来るお方じゃないんだ。とっとと行って謝ってきなッ!」

それでも「嫌なものは嫌」と泣きじゃくるすずに、廊下を通る女郎たちが、ニヤニヤしながら見ている。

「さあさ、もう一度行ってきな。今度は粗相のないように」

お鷹に促されて、泣く泣く化粧を直して部屋へ行くと、佐兵衛が酒を飲みながら待っていた。

「やっと来たか」そう言いながら、赤い顔をした佐兵衛は、今度はすずを乱暴に抱き寄せると、「まあ、こんなうぶなところも水揚げの醍醐味《だいごみ》だがな」と言って組み敷いた。男の力は意外にも強く、抵抗も出来ずに、すずは目をつぶった。酒臭い息がかかる。

「わしは直次郎に頼まれて、お前を女にしてやっているんだ。安心せえ、わしが水揚げしてやった女郎どもは、皆出世しているからのう。お前もきっとそうなるわい」

「……」

佐兵衛の言葉は、すずの耳には最後まで届いていなかった。

すずの脳裏には、故郷の両親や弟妹の顔、そして気風のいい胡蝶の顔などが次々に浮かんでは消えていった。そして、「八犬伝」の挿し絵の美丈夫な信乃の顔も……。

いつしかすずの目尻を涙が伝っていた。

こうして、すずの子ども時代は終わりを告げた。

一ヶ月ほど水揚げと称して、すずには、たくさんの客がついた。初めて見世に出る女郎は初物として人気があるが、それが過ぎると、すずは他の女郎たちと競い合って客を取らねばならなかった。

客が付かなかったり、袖にしたりすると、直次郎やお鷹から後できつい叱責を受けた。時には折檻や自身の借金となるので、唯々諾々と従わねばならない。

金華楼には「女郎心得」といったものがあり、すずは水揚げ直後、お鷹に遣手部屋へ呼ばれて訓示を受けた。

長火鉢の前で、古ぼけた褞袍《どてら》を羽織ったお鷹が、疲れ切った表情で煙管をふかしていた。昨夜は客同士のいざこざがあって、その対応に追われていたようだ。普段は厚化粧で塗り込められた顔の皺が、今朝は一段と濃く深くなっている。鬢《びん》の白髪も染め切れずに浮き出して見苦しかった。

「どうだい、ちっとは慣れたかい」とお鷹に聞かれ、すずは「あい」とだけ返事をした。どう足掻いたって、こんな商売だ。慣れたと言うも、慣れないと言うも、まともに返事をする方が馬鹿馬鹿しかった。

「そりゃ良かった」お鷹は満足そうにうなずくと、「お前さんは、子どもの頃から、あたしが手塩にかけて育てた娘だ。きっと立派な女郎になってくれると踏んでいたよ」と言った。その言葉に「そんなにあたしの事を、思ってくれていたのかい」と、逆にすずは鼻白んだ。

「時に、お前さんに言っておかなきゃならないことがあるんでね。ようくお聞きよ。〝女郎の心得〟って奴さね」

そう言いながら、お鷹は煙草の煙を吐き出した。

「まずは、女郎は嘘をつくのが仕事だ。間違っても、相手に誠意を持ってはいけないよ。たとえ相手が色男や通人、粋な客でも、絶対に惚れては駄目だ。分かったね」

そう言うと、いきなりお鷹が煙管で自分を差したので、すずは驚いて「あい」とだけ答えた。

「それから、着物や布団、その他の道具類は、すべて自分で都合をつけること。そのためには、万事お客におねだりすることった。どんどん金を使わせな。あと、見世の食事はろくな物が出ないから、客の分をたらふく食べること。酒はあるだけ飲ませれば、酔いつぶれて大抵泊まるから、いくらでも飲ませるんだ。そうすれば楼主もいい顔をし、お前も儲かるから、皆幸せさね」

「あい」

すずは神妙に返事をした。

「たまに勘違いして、客に入れ込む馬鹿な女郎もいるが、あたしらの仕事は、どれだけ客に金を使わせるかが勝負だ。真面目な客でも、親に勘当され、金のなくなったのには、愛想を尽かしな。たとえ相手が宿なしになっても、構うこっちゃねぇ！」

お鷹の語気の強さに、すずは微かにうなずいた。

「醜男《ぶおとこ》や老人、瘡掻きがお客になっても、金のある奴には、ことさら惚れたように見せかけるんだ。たとえ相手から、ドブのような臭いがしても、決して、袖で鼻を覆ったり、眉に皺を寄せてはいけないよ。俺の相手は、本当に惚れている、と自惚《うぬぼ》れさせるんだ。そんなお客はいいカモだから、大いに掠《かす》め取ることった。それがお前さんの腕の見せ所さね」

ここまでくると、すずはうなずくことすら出来なくなった。

「重ねて言うが、女郎は惚れさせるのが商売だ。決して惚れてはいけないよ！　分かったねッ！」お鷹はそうすごんで見せると、「ああ、そうそう」と思い出したかのように付け加えた。

「客人には、〝お鷹さんに、花代をやってくんない〟って、ちゃんと言うんだよ。そうしたら、お前に上客をつけてあげるからね」

客からの祝儀で暮らしている遣手にとって、これは何よりも大切なことだった。

遊女には、年に二回しか休みがなく、病気で休む時も身揚りと言って、自分で自分を買わなければならなかった。その他、髪結、白粉、着物、簪、布団、茶、煙草、菓子、紙、仕出し、湯屋などの生活費から医者に掛かる費用まで、すべてが自分持ちだった。

それなら、出世すれば安泰かと言うとそうでもなく、部屋持ちになればなったで、簞笥から掛け軸、三味線、茶器、煙草盆などの道具類から、果ては盆暮れの障子張り、傘、提灯、畳替え、生け花、火鉢の炭に亘るまで一式掛かるのだ。

　揚げ代の三分の一は楼主が取るので、残りですべてを賄わなければならず、遊女の借金は膨れあがるばかりだった。

「最後に、肝心要な事を教えといてやるよ」そう言って、お鷹は柔らかい御簾紙《みすがみ》を取り出した。

　何事かとすずが見つめる中、お鷹は紙を唾で丸めて小さくすると、おもむろに「ここへ詰めるんだ」と自分の股を指差した。

「こうすりゃ、赤児も出来ないし、変な病もうつされない」

「……」

「あとは、精も漏らさずに済むからね」

「精？」意味が分からずに、すずが聞き返すと、

「そうだよ。床の中では、好きなだけよがってもいいが、一緒になって気持ちよくなっては駄目だ。第一、そんな事をしたら身体が持たないだろう？　女郎は感じさせるのが仕事で、感じる事は恥なのさ」

　そう言ってお鷹は、鼻息荒く息巻いた。

時折すずは、夜見世の支度をしながら、鏡の中の女郎は誰かと思うことがあった。まるで自分ではないようで、どこかにいる別人みたいだと考えていた。

子どもの頃から気にしていた、目の下の赤痣はいつの間にか薄くなり、化粧をすると分からなくなっていた。

吉原には不文律があって、初会に自分に来た客はずっと自分のもので、他の女郎とは睦んではならないという決まりがあった。そして、少しでも早く借金を返したければ、実入りのいい上客を摑まえて、離さないようにしなければならない。そのため、いくら普段仲が良い朋輩同士でも、夜見世になると敵に回った。

すずは、そういった欲にまみれた世界が嫌で、そんな輪の中に努めて入らないようにしていた。

幼い頃から、廓のことを知り尽くしているすずは、そういう点では他の女郎たちよりも冷めていたのかもしれない。胡蝶や他の女たちを見て知っているすずは、なるだけ目立たず、穏便に日々を過ごしていこうと考えていた。呼び出し、昼三《ちゅうさん》など以ての外、いくら楼主に言われたからって、金の掛かる妹女郎なども持たず、病気にもならず、ひたすら借金だけを返していこうと思っていた。

しかし、息をするだけで金の掛かる吉原のこと。借金は減るどころか、逆に加算されていくばかり……。さらにすずたち、女郎を苦しめるものに、紋日があった。

吉原には、月ごとに行事を執り行う紋日があるが、その度に着物を新調しなければならなかった。正月や桜の季節はもちろんのこと、七夕やお月見、八月には白無垢《しろむく》を着る習慣などもあった。

しかし、ただでさえ豪華絢爛《けんらん》な遊女の衣装のこと。金も掛かるし、それに見合う帯やら簪、下駄なども用意しなければならない。もちろん、仕立ててもらうお針代だって掛かった。けれど新調出来ない遊女は、周囲から蔑まれるので、皆自腹を切ってでも用意した。そんな女郎にはいい旦那が付いていない証拠だったからだ。吉原とは、そうした見栄の世界でもあった。

やがて、すずは、そんな女郎生活に倦《う》み、何事においても諦めるような心境になっていった。気持ちはすさみ、どこか投げやりになっていく。

常吉などは、来る客、来る客に惚れ込んで、今度こそは情夫《いろ》になってくれと迫るが、追いかければ追いかけるほど、すぐに振られてしまうのだ。意中の相手には、髪を切ったり爪を剥いで送ったりするのだが、相手にされない。時にはすずが頼まれて文の代筆をする事もあった。

「お願い、すず、徳兵衛があたいの所へ来るよう、うまい具合に書いてくれない！」

仕方なしにすずは筆を執り、思いつくまま書いてやった。

「夕べの月が、お前の顔と重なり、夜の勤めの辛さも忘れました。私を妻にと言ってくれたお前のまごころ、信じて待っています。こんな気持ち初めて。これも何かのご縁。早くその笑顔を見せてくださいませ。

追伸　今度、お前の母上様へ巾着を贈りたいのですが。

徳兵衛様　　　　　　　　　　　　　　　　　　　　　　　　　　常吉」

それを読んだ常吉は、「さすが、すず！」と感嘆の声を上げた。そうして早速、右手の薬指をカミソリで切ると血を押し付けて、意気揚々と文を出すが、いつまで経っても返事は返ってこなかった。

そして、二、三日酔っ払っては管を巻くと、すぐに新しい男に夢中になる。ツネは、間夫《まぶ》の名を腕に彫っては、また消すということを繰り返したので、腕は火傷の痕だらけになってしまった。

しばらく顔を見せなかった松川が、久しぶりに現れたかと思うと、その腕には赤ん坊を抱いていた。昼見世で、客もおらずのんびりしていた女郎たちは、にわかに騒然となった。

代わる代わる赤児を抱いては、「あたしも好いた男と一緒になって、早く赤ん坊の顔なぞ見てみたいよ」などと言い合っている。しかし、常吉や松露は、「また見せびらかしに来やがって」「今度は子どもかよ」などと相変わらず裏で陰口を叩いていた。

実際、勝ち誇ったような松川の顔を見ると、女たちの胸中は複雑だった。だからこそいい男はいないかと、女郎たちは躍起になるのだ。

見世が終わると、女郎たちは誰かしらの部屋へ集まっては、火鉢を囲んでその日の客の話で盛り上がった。

「今夜のお前の客は、髪が黒くて若いと思ったら、ずいぶんな年寄りだったじゃないか」

「あい、染粉が枕について往生しました」

そう言うと、皆でどっと笑った。

「あたしの客は浅黄でさあ。若衆に〝口が臭そう〟って文句を言ったらさあ、それをしっかり聞いてやがってね」

「それでどうした?」興味津々で他の女郎が尋ねた。

「そしたら〝身共は、市川団十郎の歯磨き粉を朝晩使うておるから、臭いなどせん!〟って言ったんだよ」

それを聞いて、女たちは腹を抱えて笑った。

「あちきの客は、あんまりしつこいんで、一度やったら、そのまま文を書いている振りをしていたんだよ。そしたら、〝さすが吉原。わしは物書きを買ったのか〟だって」

あははと笑って、女郎たちは思う存分、男をコケにし、溜飲を下げていたが、ふっと誰かが溜息を洩《も》らした。

「あーあ、でも、どこかにいい男いないかね」

「本当だよ。どいつもこいつもやりたいばかりで、実のある男はどこにいるのだろう」

急に静かになったので、しゅんしゅんと鉄瓶の湯気を立てる音だけがしていた。女郎たちのお喋りは、いつもこの瞬間に終わりを迎えた。言っても詮ない事なのに……。でも、言わずにはおられずに……。女たちは自分だけの胸の内に眠る、ただ一人の男を待ち望んでいた。

そんな中、すずだけは、話にも加わらず、火鉢にホタテ貝を載せて残り物を煮ていた。鉄瓶で温めたお銚子が出来上がると、皆に配っている。

それに気づいた常吉が声を掛けた。

「そう言えば、すず、あんたには誰かいい人はいないの」

「……」

「入れ墨彫るような相手はいないのか、ってことよ」

すずは黙っていた。

色里で、女の身体を玩具《おもちゃ》にするような男を、すずは心底憎んでいた。張見世に出ると、毎晩毎晩男たちの好奇な目にさらされる。それどころか、卑猥な言葉を投げ掛けられ、見下されたりもするのだ。よくもまあ、こんな酷《ひど》いことが言えるなと、内心怒ることもしばしばだった。そんな穢《けが》れた男たちと一緒になるなど考えたくもなかった。

すずの理想の男は、あの人しかいなかった。

そう、あの人しか――。

すずは決然と顔を上げた。

「いるよ、信乃さん」

そう言うと皆、笑った。冗談だと思ったからだ。

「本当に、蝶々さんったら」

「ばからしゅうありんす」

しかし、半ば本気だった。すずにとって、真実の男とは、読本の中にしか存在しなかった。

## 恋畳

男などにはなびかない、という冷めた態度が良かったのか、意に反してすずは、すぐに部屋持ちになり、座敷持ちになり、順調に花魁への道を駆け上っていった。そうして、いつしか自分にも禿が付くようになったが、妹分が出来れば出来たで、その世話代も馬鹿にならなかった。

そうでなくとも、月末に支払うお金の算段に、すずはいつも頭を悩ませていた。

| | |
|---|---|
| 髪結い代 | 七五〇文 |
| 元結、油、手絡代 | 四〇〇文 |
| 白粉 | 四八〇文 |
| 楊枝、歯磨き粉代 | 一〇〇文 |
| 湯屋代 | 一〇〇文 |
| 紙代 | 九六〇文 |
| 生花代 | 四八〇文 |
| 茶代 | 四八〇文 |
| 洗濯代 | 四八〇文 |
| 煙草代 | 四〇文 |
| 仕出し | 二四〇〇文 |
| 菓子 | 九六〇文 |
| 医者代 | 八〇〇文 |

反物　　　三両二朱
文遣い代　三二〇文

……など、細々とした所に金が掛かった。

足りなくて、月末に内所や遣手から、借りた金も返さなければならない。いくら稼いでも追っつかないという感じだった。

花魁になってから、すずはよく、胡蝶の事を思い出した。姐さんはこんな大変な思いをしながら、私たちを育ててくれたんだ、と改めて胡蝶の大きさを感じるのだった。

そんな折、指名が入り茶屋へ行くと、りゅうとした身なりの壮齢の男が座っていた。

「久しぶりだな、すず虫。いや、今は蝶々か」

振り向いた男の顔を見て、すずは息を呑んだ。

「空也さん！」

男はなんと、胡蝶と恋仲だった巴屋の空也だった。

しかし、今の空也には、かつての遊び人だった面影はなく、妻帯して立派な呉服屋の主となっていた。だが、懐かしそうにすずを見上げる、柔和な笑顔は相変わらずで……。知らず知らずのうちに、すずの顔は赤らんでいた。

その夜、空也は芸者衆や太鼓持ちを呼んで、賑やかに宴を張ってくれた。いつもなら、初会には、つまらなそうにしているだけのすずだが、今日だけは違っていた。空也に自ら酒を注ぎ、差されると遠慮なく飲み干した。

それを見たお鷹は、何度もごほん、ごほんと咳払いをするが、すずは、まったく意に介さずに、それどころか、二人は積もる話で盛り上がっていた。

なにはともあれ、それは胡蝶の事だった。

「あちきは、姐さんが亡くなる前に、空也さんに文を出したのに、どうして返事をくれなかったんですか」そうなじるすずに、一瞬、空也は黙り込み、

「あの頃、私は、親父の命令で、上方へ修業にやらされていたんだよ。だから、胡蝶が亡くなったことも知らなかったんだ……」と言った。

「だから、すずちゃんからの文も、ずいぶん後になってから知ったんだ」

「そうでありんしたか……」

空也の悲しげな横顔を見ると、すずはもうそれ以上、責めることが出来なかった。

「けれど、今は私も店を継ぎ、有難いことに繁盛しているから、今日はここへも来ることが出来たんだ。すずちゃん、罪滅ぼしに、これからもこうして時々会って、胡蝶の話をしてくれないか」

子どもの頃から、可愛がってくれた空也の提案に、何の異論があろう筈もなく、すずは喜んで引き受けた。

空也から、「また来るよ」と言われてから、すずの心はその言葉だけで占められていた。来る日も来る日も空也の事ばかり……。仲間内で客の品定めをしていても、ふとした拍子に空也の事が思い出されてしまう。すると、途端にすずの頰はゆるみ、ひとりでににやけてしまうのだ。

すずは、空也がいつ来てもいいように、普段よりも念入りに風呂に入り、化粧をした。道中の時はいつ会ってもいいように、凝った装いで出掛けた。

急に気合の入ったすずに、ツネは、「おっ、すず虫、何かいいことがあった？　情夫でも出来たんじゃないの」と、からかった。

「馬鹿言うんじゃないよッ」

ツネの戯言《ざれごと》を軽くいなしながらも、まるで心の中を見透かされたようで、すずはドキリとした。

そして、年中「間夫、間夫」と騒いでいる、ツネの気持ちが少しだけ分かるような気がした。と言うのも、空也の事を考えていると、辛い夜の勤めもあっという間に終わるからだ。毎日がふわふわと地に足がつかない状態で、楽しく過ごすことが出来るから。

しかし、初会に現れて以来、空也はなかなか姿を見せなかった。すずは、やきもきしながらその日を待っていた。

女郎がゲン担ぎで簪を飛ばし、畳の縁まで目を数える、〝恋畳〟という占いがある。丁（偶数）なら好いた男が来るが、半（奇数）なら来ないという他愛のないものだが、普段なら占いなんて……と、馬鹿にしているすずも、この時ばかりはしきりに簪を飛ばした。そうして、丁になるまで、禿や新造に畳の目を数えさせていた。

そんな風にして、毎日、恋焦がれていたすずだから、空也から二回目に呼ばれた時には、それこそ天にも昇る心地だった。はやる胸を抑えて、髪も入念に作ったすずは、いそいそと茶屋へと赴いた。その後ろ姿にツネは呆れて言った。

「おやおや、誰かさんの間夫は、〝信乃さん〟じゃなかったのかい？」


花魁と二回目に会うことを〝裏を返す〟と言う。

初会は会うだけで言葉も交わさないが、二回目には、茶屋から廓までを花魁と一緒に練り歩く。先導は茶屋の女将で、その後に傘持ちや提灯持ちの男、花魁や新造、禿などが続いていく。いわば客も道中に加わる形になるので、花魁を買ったことが一目で分かり、行き交う男どもはそれを羨望の眼差しで見つめるのだ。

楼に着くと、今度は遣手や若衆が、下へも置かずもてなしてくれる。なので、客は若衆に祝儀を配り、代わりに若衆からは返礼の菓子や寿司などを受け取った。

自分の座敷へ落ち着くと、すずは胴抜き姿になった。羽織を脱いだ空也もくつろいでいる。隣の部屋には、三つに重ねた布団が敷いてはあるが、二回目までは帯を解かないのがしきたりだった。しかし、その日すずは、布団を見ると、なんだか胸の鼓動を抑えきれなくなってしまった。

憧れの空也さんと？　胡蝶姐さんのいい人と？　そんな事をしてもいいのだろうか。

ふとよぎったそんな気持ちを、知ってか知らずか、空也は今夜も酒を飲みながら、胡蝶談義に余念がなかった。

「あいつは、大酒飲みで、一度なんか相撲取り相手に、飲み比べをしていたな」

「客が連れてきた歌舞伎役者に、ちょっかい出したこともあったな。相手が当世一の女形と謳われた菊五郎だったから、さぁ、大変。周りがやめろと言うのに、どちらが色気があるかなんて、競り合って――」

空也は上機嫌で喋り続けていた。すずも記憶が蘇る。

相撲取りとの酒比べでは、一抱えもある盃に、なみなみと入れた酒を何杯も飲み干し、ついには自分の身体の三倍はある、相撲取りを地面に倒していたなぁ。菊五郎との流し目対決では、もう一歩というところで負けて、悔し涙にくれていたっけ。本当に姐さんは豪快だったな……。

二人で酒を酌み交わしながら、そんな事を賑やかに語り合っていたが、空也は見世が終わる四つの拍子木を待たずに、そそくさと帰って行った。「明日も商売が早いから」と言って。

すずは、拍子抜けた。手が早い客なら、二回目で花魁と同衾《どうきん》するなんて珍しくはないのに、空也にはその気配すらなかった。

見世の入口まで笑顔で見送ったすずは、振り向きざま、階段の下に置いてあった出前の膳を思い切り蹴飛ばした。深夜、カラカラと派手な音を立て、重箱がすっ飛んでいくのが見えたが、腹の虫は収まらなかった。

胡蝶姐さんは、確かに素晴らしい花魁だったけれど、だからと言って、それだけなんて……。すずは、なんだか面白くなかった。空也の真意を測りかねていた。

それとも、とふと思った。

あたしには、そんなに魅力がないのかしら？

空也さんにとって、あたしは、いつまでも禿のすず虫なの？　子どものままなの？

そんな不安に、すずは駆られていた。

空也が三度目に登楼した時、すずは意を決し、胡蝶が死ぬ間際まで挿していた櫛を付けていった。

「これは？」と空也はすぐに気がついた。それもその筈。朱塗りで金蒔絵《きんまきえ》が施された櫛は、空也が胡蝶へ贈った物だったからだ。

胡蝶が亡くなり、直次郎がその櫛を松川にやろうとすると、「縁起でもねぇ、こんな物、誰がいるか」と言って床に投げ捨てたのを、すずはこっそり拾って、隠し持っていたのだ。

空也さんはこれでよく、胡蝶姐さんの髪を梳いていた。黒くて長い髪を――。禿だった自分は、襖の陰からそんな二人をよく盗み見していたっけ。そこには誰も入れない、二人だけの空間が広がっていた。

すずは決心した。

「これであちきを、姐さんだと思って、抱いてください」

そう言って、すずは、挿してある櫛、簪をすべて抜き取ると髪をほどいた。背中まである髪が垂れた。

「あちきは、子どもの頃から空也さんの事が好きでした。空也さんに抱き上げられ、姐さんの布団に入れられた時、とっても幸せでした」

「……」

「あたしじゃ、駄目ですか？　あたしじゃ、姐さんの代わりにはなれませんか」

そう言って迫るすずに、空也はさっきから黙ったままだった。

がっかりしながらも、それでもすずは、一人静かに帯を解きはじめた。シュルシュルという衣擦《きぬず》れの音だけが、微かな灯りの下で聞こえてきた。

「ええい」

突然、まなじりを上げた空也が、すずの手を止めた。

すずが驚いて見つめると、空也は大きく頭を振り、すずの帯を自らの手で解きはじめた。すずは嬉しくなって、空也の手にすべてを任せた。

その夜、二人は結ばれた。

障子の隙間から覗く半月が、すずには、なんだか笑っているように見えた。空也はまるで壊れ物を扱うかのように、優しくすずを抱いてくれた。

しかし最高潮に達した時、空也は泣きながら、「胡蝶、胡蝶」と呼んでいた。それを夢うつつで聞いていたすずは、一気に冷や水を浴びせかけられたような気がした。

空也の心には今も胡蝶が生きており、自分ではその代わりにはなれないのだと、その時すずは思い知らされた。

それからしばらくしてからの事だった。すずが、常吉に入れ墨を彫ってくれと頼んだのは。

驚いたツネは、「いいけど、何て彫るんだい」と聞いた。すずは、ちょっとの間考えて、「しの」と答えた。

「しの様命と彫っておくれ」

それは、すずの初めての恋、そして、失恋だった。

## 胡琴の恋

奥祐筆組頭《おくゆうひつくみがしら》青木伝左衛門《あおきでんざえもん》は、その日、仙台藩留守居役に連れられて吉原を訪れた。今年、五十六になる伝左衛門にとって、こういった華美な場所は初めてで、しかも性に合わなかったが、接待ともなれば無下に断る訳にもいかなかった。

花魁道中を眺めて、「好みの女を」と言われたが、ピンとくる者はいなかった。ただ一人、「あの女は書も絵もたしなみます」と指差された、金華楼の胡琴という女にだけは心惹かれた。

ちょうどその日は八月朔日。年に一度吉原では、八月一日に将軍家康が江戸へ入ったことを祝って、女郎たちが全員白無垢姿で道中をした。

夏の暑い盛りなのに、花魁たちは袷《あわせ》の小袖に仕掛けを重ねている。胡琴と呼ばれた女も、小袖の上から白い綸子《りんず》の仕掛けを着、鶴をあしらった赤い前帯をしているが、それがなんとも涼しげに見えた。後ろに垂らした下げ髪には、大判の櫛を二枚、前挿しを左右にそれぞれ三本ずつ挿していた。黒塗りの三枚歯の下駄は、八寸はあろうかと思うほど高かった。

自らも書をたしなむ伝左衛門は、他の花魁と同じような衣装に身を包みながら、どことなく清らかで伏し目がちなその瞳に、何やら気品を感じとり興味を抱いた。

だからその夜、言われるがままに、その女を座敷に呼んでみた。

しかし、座敷へ呼んでも、にこりともせず、ただ黙って余興を眺めるだけの胡琴に、伝左衛門はいささかがっかりした。所詮、吉原の花魁などと言っても、この程度か。男を楽しませる技など、夜具の中でしか持ち合わせてはおらぬのだなと思った。

馬鹿馬鹿しい、こんな女に期待したのが間違いだった。

女芸者の三味の音に、幇間《ほうかん》が面白おかしく踊るのも興ざめし、そろそろお開きにしようかと考えていた時だった。茶屋の女将が、退屈そうな伝左衛門の様子を見て声を掛けた。

「この掛け軸は、花魁が描いたものでございます」

伝左衛門は驚いた。数本の線が縦に流れているだけの絵だったが、それがまるで崖から落ちる滝のように見えて、いかにも涼しげだったからだ。

「これは、お前が描いたのか？」

「お恥ずかしゅうありんす」

胡琴はにっこり笑うと、頭を下げた。

伝左衛門は、その笑顔に頭を叩かれたような気がした。年甲斐もなく顔を赤らめ、しばらく黙っていた伝左衛門だったが、ふと床の間に飾っていた菊の花を見て口ずさむ。

白菊と　同じ頭の　我とても　君の笑顔に　心躍らん

胡蝶もすぐに和歌を返した。

残菊の　匂いこそが　かぐはしき　今の君こそ　めでたけれ

二人は見つめ合い、ふふふと笑った。
その様子を、側に控えていた妹女郎のすずには、何のことだか分からずに、目をぱちくりさせていた。

文人としても名高い伝左衛門は、教養があり品格もある胡琴に、すぐにぞっこんになった。吉原なんぞという悪所に、足を踏み入れたこともなかった伝左衛門だが、胡琴の所へは足繁く通った。
だが、胡琴に会ったからといって、格段何をする訳でもない。二人で難しい漢詩を読んだり、和歌を詠じたりするだけだった。

そうして時折、白髪頭の伝左衛門は優しく胡琴を見つめながら、「お前には丸髷が良く似合う」とつぶやくのだった。それを聞くと胡琴は頬を赤らめた。

丸髷とは、女性が嫁入り後にする髪型で、伝左衛門は暗に「わしの妻に」と言っているのだ。

しかし、いくら伝左衛門が惚れているからと言って、すぐに胡琴を落籍せる訳にはいかなかった。伝左衛門の妻は長年病に伏せっており、その奥方を悲しませることなど出来ないからだ。それが分かっているのか、胡琴も無理にせがんだりはしなかった。

もともと胡琴は女手習いの師匠の一人娘。母親が亡くなり、困った親戚が吉原へ売ったという経緯があった。やがて胡琴と青木伝左衛門の老いらくの恋は、広く世間に知られるようになる。

初午も近づいたある日、深刻な顔をした伝左衛門が登楼し、胡琴を前にこう切り出した。

「奥がな、奥が、こう言うんじゃ。〝あなた最近、とても若返りましたね。何かいいことでもあったのですか〟って」

胡琴は黙って聞いていた。

「わしは何も言わんかったが、お前とのことを知っているような素振りじゃったわ。

〝ようございましたね。若いお嬢さんとお付き合いなさって。これで私も安心して向こうへ逝けます〟なんて言うんじゃよ」

「……」

「まるで、自分の死期を悟っているような……。わしは、わしは、どうしていいのか分からずに……」

そこまで言うと、こらえ切れずに伝左衛門はむせび泣く。涙が後から後から伝ってきて、それを見ると胡琴は、その背中をそっと抱きしめるのだった。

その夜、伝左衛門は初めて遊里に泊まった。

それまでは胡琴がどんなに頼んでも、断り続けていた伝左衛門だったが、その日は違った。昼過ぎから降りはじめた雪が、深夜になると降り積もっていた。

胡琴は隣に寝ている大身の乱れた髪をそっと撫でつけた。今までの苦労を偲ばせる深い皺。やつれた頰。乾いた涙の痕。そんなもののどれもが胡琴にとっては愛おしく、大切に思えた。

シンと冷える部屋の中、かすかに香を焚く匂いだけがして、胡琴はいつまでも伝左衛門の顔を眺め続けていた。

やがて、奥方が亡くなると、家督を息子に譲った伝左衛門は、胡琴を身請けしたいと直次郎に申し込んだ。

それを聞いた時の直次郎と言ったら——。よっぽど嬉しかったのか、「胡琴は、百年に一度と謳われた太夫だ。せ、千両、出してもらわなければ困るッ！」なんて声を裏返しにしながら言ったとか。

果たして、青木のご隠居が言い値で落籍したかは分からない。噂では半値くらいまでは値切ったという話だ。二人が出会ってからゆうに三年の月日が流れていた。


晴れがましい身請けの日。

武家の奥方らしく黒縮緬の裾模様、下には白絹の下襲《したがさね》をつけ、常日頃、「お前には丸髷がよく似合う」と伝左衛門に言われていた通り、丸髷に結った胡琴は、まさしく輝くばかりの御新造姿だった。そこへ供付きの豪華な駕籠が迎えに来て、大門の前に停まった。

皆に祝儀を配り終えると、胡琴は涙を浮かべながら大門を後にした。この日ばかりは、この幸運にあやかろうと、女郎たち総出で見送った。胡琴の駕籠は、楼主夫婦や若衆らに付き添われながら、衣紋坂へと消えていった。

それを見ながらツネは、「いいなぁ、あれが女郎最高の出て行き方というもんだねぇ。あたしにもそんな日は来るのだろうか。ま、無理かもね」と言って、自嘲気味に笑うのだ。

すずも、うなずきながら、自分は一体、いつ、あの大門から出られるのだろうかと、小さく溜息をついた。


「おや、おすずさん、ずいぶん早いわね」

左官屋の女房、お米《よね》が声を掛けた。時刻は明六つ。夜は明けていたが、こんな時間にすずが井戸端にいるのが珍しかった。

「たまにはあたしも早起きしなきゃ。亭主に怒られるってもんだ」軽口を叩きながら、すずは笑顔でガシガシ米を洗っている。普段なら、女房たちが忙しく立ち働くこの時間帯に、滅多に井戸へ現れることのないすずだが、今朝は人目も気にせず手を動かしている様子に、お米は目を見張った。

何かあったのだろうか？

すると、すずの家から、「おばちゃん、お腹空いた！」と五歳くらいの男の子が飛び出してきた。驚くお米を尻目に、「昇助《しょうすけ》、起きたのかい。今、朝ご飯作るからね」とすずは目を細めた。お米の視線に気づくと、

「ああ、この子は昇助。向こう長屋のシカさんの子どもでね。シカさんが朝早いから、

家で預かっているのさ」と言うのだった。

すずは時折、朝早く魚河岸へ行くシカに代わって、息子の昇助の面倒をみてやった。ご飯を食べさせたり、読み書きを教えたり、時には、篠吉と三人で八幡様の縁日に出かけることもあった。三人で連れ立って歩く姿は、まるで本物の親子のようにも見えるのだ。

大川の川開きでは、大勢の人の間から少しでも花火をよく見せようと、昇助を肩車する篠吉の様子が微笑ましかった。二人が夫婦になってから、すでに三年の月日が過ぎようとしていた。けれど、いまだに子が出来ないことを、すずは申し訳なく思っていた。なので、篠吉に少しでも親の気持ちを味わわせてやりたかった。

花火の帰り道。

道端の出店に、リーン、リーンと涼やかに羽を震わす虫売りがいた。昇助は籠に入ったすず虫を気に入り、「ねぇ、買って、買って」とせがみはじめた。籠に入った虫を見て、すずは躊躇するが、篠吉は「なあに、一つくれぇ」と、虫籠を買ってやった。

喜ぶ昇助。

だが、人気《ひとけ》がなくなると、すずは虫籠を持つ昇助の前にしゃがみ込んだ。

「ねぇ、昇助。このすず虫、可哀想だから、放してあげようよ」

「えーっ、嫌だ」

昇助は虫籠を抱いて離さない。けれど、すずは、

「この子だって、本当は自由に飛び回りたいんだよ。お外に行きたいんだ。お願いだから出してあげようよ」と諭した。

すずに促されて、昇助はしぶしぶ虫籠の戸を開けた。

野に放たれたすず虫たちは、まるで礼を言うかのように、ひと際高く、リーン、リーンと鳴くと草むらに消えていった。

それを見ると、すずは、なんだかほっとするのだ。

## 金太

ある時、すずが風呂へ行こうと廊下を歩いていると、中庭から「うわーん」という子どもの泣き声がしてきた。見ると、風呂場の焚き口付近で、禿たちが一人の子をいじめていた。

「こらッ、お前たち、何やってんだい！」

すずが大声を出すと、女児たちは、キャーと笑いながら逃げて行った。入りたての禿はよくいじめられるから、それかと思い近づくと、赤い着物をぐしゃぐしゃに着せられ、真っ赤な紅を口の周りにベタベタ塗られた子どもが泣いていた。

「お前は……？」

その顔を見て、すずはようやく合点した。

助けてやったのは、女の子ではなく男の子。名前は金太《きんた》。今年、五歳になったばかりで、遣手婆の孫だった。

お鷹には、過去に所帯を持った男との間に一人娘がいたのだが、金太を産んでから亡くなっていた。どうやら産後の肥立ちが悪かったようで、お鷹は、娘の嫁ぎ先で厄介者扱いにされていた金太を、最近自分の所へ引き取ったばかりだった。噂では聞いていたが、見るのは初めてだった。

大人しくて、一人で絵ばかり描いている金太に、禿たちは派手な衣装を着せては囃し立てた。それは、日頃自分たちへ辛く当たる、遣手への鬱憤《うっぷん》晴らしの意味もあった。

「やれやれ」と溜息をつきながら、すずは金太のもじゃもじゃの頭に挿された、何本ものメッキの簪を外してやった。赤い着物も脱がせて、口の周りの紅も指でぬぐってやる。しかし、それでも金太は泣き止まなかった。いらいらして、すずはつい声を荒らげてしまった。

「泣くなって言ったら、泣くんじゃないよッ！　お前、男だろ」

しかし、一瞬、黙りこくった金太は、それからはまた、火が付いたように泣きはじめた。その声は前よりも一層大きく、あまりのうるささに、すずは思わず耳を押さえた。

仕方なく、「ええい！」と腕をまくると、「これを見な！」と、すずは入れ墨を見せた。

そこには、〝しの様命〟と彫ってある。泣きべそを掻きながら、金太が見ると、

「いいかい、これは、あちきの思い人、犬塚信乃戍孝様の名だ。ようく覚えておくんだよ。信乃様というのは、『南総里見八犬伝』に出てくる紅顔の美少年！　顔は色白で女のようだが、武芸百般、そこら辺のどんな武士よりもめっぽう強く、名刀村雨丸で敵をばったばったとなぎ倒す！　日本一、強ーいお侍なんだ！」

力の入ったすずは、ついその場で大立ち回りを演じて見せた。金太はそれを啞然としながらも見つめ、いつしか泣き止んでいた。

すずは、そんな金太に、いつまでも「八犬伝」の話を、面白おかしく聞かせるのだ。

「すずさん、お待ちかねの品をお持ちしましたよ」

畳の縁に腰かけて、満面の笑みで久兵衛《きゅうべえ》が取り出したのは、新作の「八犬伝」。表には五十三の巻下と記されている。

「これは……！」すずは思わず絶句した。

「そうです、『八犬伝』の最終巻。いやあ、これを手に入れるのは大変でしたよ。版元でも、半年待ちはザラですからね。けれど、なにはともあれ、蝶々姐さんにだけは早く持っていかねばと思い、頑張りましたよ！　なにせ吉原では〝『八犬伝』狂いの花魁〟で通っていましたからね」

久兵衛は吉原時代から出入りしていた貸本屋で、すずが所帯を持ってからも、深川の方へもちょくちょく通ってきてくれた。

すずは、照れ臭そうに言った。

「よしとくれよ、久さん。昔のことさ」

そうなのだ。吉原時代のすずのあだ名は、〝『八犬伝』狂いの花魁〟。女郎格付けの「吉原細見《さいけん》」にもそう書かれてあったくらいだ。

蝶々　「八犬伝」狂い。興が乗ればいつまででも話す

それを知って、わざわざ高価な戯作本を携えて、会いに来る客もいたくらいだ。

すずは、真新しい本を胸に抱き、「これが最終話かい。楽しみだね」と嬉しそうに言うのだった。

すずが「八犬伝」を胸に、幸せな気分に浸っている間に、その様子をこっそり覗き見していた者がいた。同じ長屋のお勢である。

お勢は、いつもなら戸を閉めて、物音一つしないすずの家から男の声が聞こえ、あまつさえ、笑い声までしているのに仰天し、さっそく長屋のかみさん連中に触れ回った。

そして、あろうことか、仕事から帰って来た篠吉にまで告げ口をするのだ。

篠吉が長屋木戸を開けて入ってくると、後ろから「ちょっと、ちょっと」とお勢に呼び止められた。挨拶をする篠吉に、「いえ、ね……」お勢は躊躇しながらも、昼間の事を話して聞かせた。だがそれを聞いても、篠吉は一笑に付した。

「おそらく、それは貸本屋でしょう。あいつは戯作のこととなると、周りが見えなくなってしまうんで」

悔しくてお勢が、

「でも、男と二人っきりですよ。なにかあっては……」と食い下がると、

「なあに、あいつは男の扱いには慣れていますんでね」と取り合わず、そうして、

「ほれ、この通り」と障子戸を開けると、畳に腹ばいになり、夢中になって戯作本を読んでいるすずの姿が見えた。それを見ると、お勢は鳩が豆鉄砲を食ったような顔になるのだった。

朝早くから炊事をし、篠吉を送り出した後は、掃除に洗濯。それが終われば篠吉に弁当を届け、シカの長屋に寄っては昇助にご飯を食べさせる。暇が出来れば戯作本を読み、疲れると大川沿いをぶらぶらする。

それがすずの日課となっていた。

# 第五章　赤鬼と呼ばれた男

## 武士の娘、梅若

花魁に昇格すると、すずにも妹女郎が出来た。名は梅若《うめわか》。元は御家人鶴橋又兵衛《つるはしまたべえ》の一人娘だという。母親が病に倒れ、その薬代が払えずに泣く泣く吉原へ売られて来たということだった。

しかし、よく話を聞いてみると、梅若を売ったのは、札差屋の大国屋喜平《だいこくやきへい》という男だった。

札差とは両替商のこと。ここ吉原でも時代の移り変わりは否めずに、以前は羽振りが良いといえば、材木問屋や呉服商、もしくは幕府が手厚く保護していた検校などだったが、今では札差が大きな顔でのさばっていた。

札差は、もとは米問屋だった者が多く、武家からの蔵米を換金する仕事をしていた。

だが、蔵米の価格は年々下がる一方で、金に困った武士たちは借金をせざるを得なくなっていった。札差はそんな困窮した武士たちに、法外な値段で金を貸し付け、莫大な利益を得ていた。

梅若の父、鶴橋も大国屋に言われるがままに、抵当を入れ続けていたが、ついに差し出す物がなくなってしまった。すると、今度は娘を担保に貸し出してやろうと大国屋が持ちかけてきた。又兵衛は驚くが、背に腹は替えられない。何故なら、妻の容体が思わしくなく、今夏を越せるどうかも分からなかったからだ。もちろん次の給金、蔵米で返せると思ったのだが、運の悪いことにその年、米価格が暴落してしまった。

それで人質として押さえられていた梅若が、喜平の手で吉原へ送られてきたという訳だった。一介の御徒とは言え、武士の娘。直次郎は梅若に破格の三十両を支払ったと言う。直次郎は、梅若が、将来金華楼を背負って立つ、花魁になると見込んだのだろう。そして、その梅若の突き出しの〝御役〟が、すずに回ってきたのだ。

妹女郎のお披露目は、本来なら姉女郎にとっても名誉なこと。それだけ姉女郎に強い後ろ盾があるという証なのだが、すずの本音としては、厄介者を引き受けたという気持ちの方が強かった。

直次郎から頼まれたので嫌とは言えず、仕方なく引き受けたのだが、莫大な金を全部、自分一人の裁量で工面しなければならないかと思うと、すずの顔はついつい険しくなってしまうのだ。しかも、すずの旦那衆は年のせいか、最近ではとんとご無沙汰で、またそれほど財力のあるご贔屓も見当たらなかった。すずは悩んで、悩んで、とうとうこう結論づけた。

やむを得ない、あの人に頼むか……。

その夜。

事が終わると、すずは枕元に置いてある、御簾紙を口に咥《くわ》えると、後ろの男にそっと差し出した。

汗ばんだ身体を横たえながら、

「おっ、ありがとよ、蝶々。なんだい、お前もずいぶん艶っぽくなってきたじゃねぇか」

空也がニンマリした。

「もう、意地悪」

御簾紙を渡す仕草を褒められて、照れ臭くなり、すずは男の肩にもたれかかった。

今夜はすずの求めに応じて、空也が来てくれた。

空也はすずの初恋の人。だが、彼の中ではいまだに姉女郎の胡蝶が生きており、自分はその代わりにはなれないのだと身に染みていた。だから馴染みになった今でも、頼み事などした事はなかったのだが、今回ばかりは別だった。本当はこんな事を、好いた男にだけは頼みたくなかったが……。

すずは裸のまま、布団の中にもぐり込むと、空也の腕枕に頭を乗せた。そして、

「実は、空也さんに、お願いがありんす」とわざと甘えた声を出した。

「なんだい」

笑顔で応える空也に、すずは一瞬、言い淀《よど》むが、すぐに真顔になって、

「私の妹に梅若という者がいて、今度、突き出しをするのですが」

「ほう」

「その費用を、出してやりたいと思っているのです」

「うーん」

それを聞くと、空也は唸《うな》ったっきり、黙り込んでしまった。

すずは、顔から火が出るほど恥ずかしくなった。やはり、こんな事を頼んではいけなかった。空也さんに、金の無心だなんて……。

すずは身の置き所がなくなり、急速に身体が冷えていくようだった。先ほどまであんなに激しく熱を帯びていたと思っていた部屋の中も、今では寒々と感じられる。

いたたまれなくなったすずが、それでも空也の肌にしがみついていると、

「いいよ」と声がした。

「え？」

すずが驚いていると、

「いくらだい」さらに空也が尋ねた。

「本当にいいの？　空也さん。大金なんだよ」

今度はすずの方が色をなす番だった。空也は笑って、

「知ってるさ。俺だって、吉原にその名を知られた〝巴屋〟だ。胡蝶の代からお前には世話になっているんだ。それくらいの事はしてやらあな。それに――」とすずを見た。

「お前は一度も俺に、頼み事なんぞした事がなかったものな。そんないじらしいお前の頼みを、どうして断れるかってんだ」と言った。

「嬉しい」とすずは空也に抱きつくが、それと同時に安堵もしていた。これで金の心配はなくなった。空也だって、おそらく今度の決断は大きかったに違いないが、逆を言えば、巴屋の威光を誇れることにもなる。吉原で幅を利かせられるほどの大尽になったと、世間に認めさせることにもなるのだ。良い宣伝だった。

けれど、すずは別のことを考えていた。

ずっと、この人の側にいられたらいいのに、妾《めかけ》でもいいから……。

本心を言えば、すずは、空也から〝お前が欲しい〟〝身請けしたい〟と言われるのを心密かに待っていた。もし、このお金があったなら、私を吉原から出すことが出来

るのに……。すずは空也から、そんな話が出ないのを寂しく思っていた。

梅若の突き出しのために、かつて胡琴が自分にしてくれたように、すずは祝いの酒樽や菓子を金華楼の前に積み上げた。さらにその上に白木の台をしつらえて、誂えた七枚の着物や帯を乗せてお披露目をした。七枚の着物が必要なのは、七日間道中が続くからで、当然、先導をする自分の分や振袖新造、禿の分の衣装代、櫛、簪、下駄に至るまで、すべて新調しなければならなかった。当日は妓楼を貸し切るため、見世の者全員に心付けを配り、手打ちをする太鼓持ちや芸者衆にも祝儀を贈らなければならない。そうなると挨拶で配る手ぬぐいや扇子の類《たぐい》、台の物の飾りなど、細かい打ち合わせも必要になってくる。すずはそれらに忙殺されていた。

それだけしてやっても、梅若には感謝の気持ち一つもなく、毎日泣いてばかりいた。それを見ると、「なんでぃ、お武家様って、そんなに偉いのかい」とすずは嫌みの一つも言いたくなった。

梅若は、まったく吉原に馴染もうとしないばかりか、いくらすずが言い聞かせても、お鷹がなだめすかしてもさめざめと泣くばかり。ついには頭に来た直次郎が、「鞍替えするぞ」と脅してようやく水揚げの日が決まった。

ある日、すずは、梅若を部屋へ呼んで説教をすることになった。

風呂上がりのすずは、せわしなく化粧する手を動かしながら、鏡越しに映る梅若を見ていた。うなだれて座る梅若は、白地に小花の散った小袖に、麻の葉柄と黒繻子の昼夜帯を後ろできっちり締めている。髪は奴島田にして、花簪を一本だけ挿していた。楼に来てから、いくらお鷹が仕着せの赤い振袖を着せようとしても、それを頑なに拒みつづけているので、いかんせん、その姿は薄汚れて見えた。ろくに食事も摂っていないようで、やつれ果て、疲れた様子をしている。だが、そんなみじめな形《なり》でも、そこはかとなく漂う生来の育ちの良さが失われることはなかった。

それを見ると、すずは心の中で舌打ちした。こちとらいくら花魁とはいえ、もともとは百姓の子。出自のいい武家の娘には敵わないやと、忌々しく思うのだった。なのでつい、とげとげしい口調になってしまったのは否めなかった。

「で、お前さんはいつ、覚悟が決まるんだい。そんな事じゃ、ここでは勤まらないよッ」

「はい」梅若は小さな声でしおらしく答えた。

「それとも何かい？　お前は大枚はたいて、ここまで準備してやった姉女郎の私の顔に、泥を塗るつもりかい？　檜屋《ひのきや》の旦那も楽しみにしていらっしゃる事だし、とっとと風呂にでも入って、その日に備えなッ」

すずの言葉に、梅若はキッとなった。

「姉上様、その儀なのですが、私にはどうしても、承服出来かねます」

それを聞いて、すずは言葉に詰まった。ろくに喋ったことのない梅若が、突然言葉を発したかと思えば、武家言葉とは——⁉ 戸惑いながらも、すずは、

「姐さんでいいよ、私のことは。蝶々姐さんとお呼び」と言った。

「では、蝶々姐様、よろしいのですか、このような蛮行が行われていることを、姐様は納得されておられるのですか？」

またしても正面切っての妹女郎の言葉に、すずは返答に困ってしまった。

「蛮行って……」

「このような、おなごが毎晩、おのこに弄ばれることですよッ！　蝶々姐様は、そのような境遇で辛くはあられぬのですか」

「……」

すずの脳裏に新造出しの日の思い出が蘇ってきた。派手な真っ赤な着物を着せられて、男どもの好奇な目にさらされたあの日。着物の中まで見通されるような気恥ずかしさ。まるで裸にされて、皆の前に突き出されたような気がした。一人前になって誇らしいというよりも、これからどうなるのだろう？　という不安でいっぱいで……恐

怖で顔が強張っていたっけ。

「私たちおなごは、おのこの玩具にされているのですよ。金で買われた玩具なのです！　私はそんな扱い、絶対に許せません！」

「許せないと言っても、大体お前は、ここに金で買われた女だろうが」

ようやくすずも反撃に出た。

「そんな大口叩く前に、さっさと男を口説き落とす、技でも身につけな」

「それが、そもそもおかしいのです。なぜおなごばかりがこんな目に遭わなければならないのですか。私は悔しくて、悔しくて、なりません！」

「おかしいと言っても……」

梅若の顔は怒りに満ちていた。目には涙も溜めていた。

「私の母は、もう余命いくばくもありませんでした。いつ亡くなっても不思議はなかったのです」

「そうかい」

「けれど、父はそんな母を助けるために、娘の私を売ったのです。それを皆に親孝行だと褒められました」

すずは、俄《にわか》に勢いづいた。

「そうそう、親孝行なんだよ、あたしらは。親を楽にさせてやれるんだから」

「それがおかしいと言っているのです。なぜ、死にゆく母に孝行をするのですか。死者を助けても意味がありません。父は生きている私たち、私と父とを助けるべきだったのです」

涙ながらにそう訴える梅若に、すずは呆れてしまった。

まあ、なんという罰当たりなことを言う娘なのか、この子は……。

「こんな事許されません、こんな事。身売りなど――。私には許嫁もあったというのに」

「えっ⁉」すずは、仰天した。許嫁がいたのか、梅若には……。途端にすずは同情した。

「そうだったのかい。それは気の毒だったね」

すずの言葉に、梅若の瞳からはどっと涙が溢れてきた。

「私は今頃、市之丞《いちのじょう》様と、夫婦《めおと》になる筈だったのに……！　どうして、父は私を吉原なんぞに追いやったのか……」

「……」

「どうして、どうして……」

畳に突っ伏して泣く梅若に、すずは掛ける言葉もなかった。

「憎い、憎い……。あの男が憎い」

そう言って、力なく畳を叩いている。しばらくして顔を上げると、

「こんな辱めを受けるなら、いっそ――」

と、簪を引き抜いて、喉に突き立てようとした。

慌ててすずは、その手を摑んで簪を奪うと、廊下に放り投げた。

「馬鹿なことはおよしッ！」

そう言って梅若の頰を、二、三発張った。

「あっ！」

畳に倒れ込む梅若。今度はその襟首をつかんで座らせると、すずは梅若の目をじっと見据えた。

「しっかりおし、しっかり！　ここは地獄の一丁目。お前さんの住んでいた世界とは真逆の世界だ。けれど、恥ずべきことは何もない。だってあたしらは、親孝行をしたんだから。家族を助けたんだから。そうだろ？」

「……」

「だから、つべこべ言わずに、顔を高く上げろ。下を向くな。そして、きっとここから出て行くと誓え。大門を、大手を振って、堂々と――。分かったね？」

これは常々すずが、自分自身に向かって言い聞かせてきた言葉だった。〝きっと出て行く〟それは胡蝶が死んでから、ずっと心に刻んできたことだ。その矜持《きょうじ》を胸に、

今まで生きてきたのだ。すずはそんな自負を、この若い妹女郎にも持っていてもらいたかった。

梅若は、怯えた目つきですずを見ていたが、〃きっと出て行く〃という言葉に、はっとした。そうして小さくうなずいた。それを見ると、ようやくすずもにっこりした。

その日、絶対に入らなかった風呂に入り、見違えるように美しくなった梅若は、すずの選んだ梅模様の振袖を着て、初めて前帯を締めた。つぶし島田にべっ甲の大振りの簪を挿した立ち姿に、お鷹をはじめ、そこにいた全員が息を呑む。その瞳には、先ほどまでの迷いはなく、どこか遠くを見つめ、清々しささえ感じられた。


梅若の水揚げの日、金華楼には琴の音が流れた。

初会の相手、豪商檜屋勘兵衛《かんべえ》に請われたのか、部屋からは女郎屋には似つかわしくない、雅な音色が響いてきた。客の相手をしながら聞いていたすずには、その音が、女郎の、否、女全体の悲しみにも思えてくるのだ。見上げると楼上には、三日月が懸かり、いつもより静かに、そしてゆっくりと時が過ぎていった。

翌朝、真っ赤な目ですずの部屋へ現れた梅若は、「姐さん……」そう言うのがやっとだった。すずは、梅若をそっと抱くと、「よく頑張ったね」と背中を叩いてやった。梅若はうんうんとうなずきながら、忍び泣くのであった。

梅若は、ありんす言葉を使わずに、いつも通り武家言葉で通したので、それを面白がる客たちから人気を博し、また檜屋の後押しもあって、すぐに花魁へと昇格した。

そんな梅若が廓の生活にも慣れた頃、事件が起きた。

## 鬼平との出会い

それは夕刻、梅若が花魁道中をしている最中の出来事だった。

一人の男が道中の前を横切った。男は六十がらみの大柄な男で、強面で眼光鋭く、羽織から着物、帯、足袋に至るまで全身柿色尽くしだった。その姿は、赤ら顔と相まって、まるで赤鬼のようにも見えた。

男が道を通った時、それまで無表情だった梅若の顔に、さっと緊張が走った。と言うのも、この男こそ父と自分とを塗炭の苦しみに突き落とした、卑劣な札差、大国屋喜平だったからだ。

金のためなら何でもする男、人を人とも思わぬ男。道理を捻《ね》じ曲げても人を従わせようとする男、世間では「喜平」ならぬ、「鬼平《おにへい》」と陰口を叩かれていた。

その鬼平が何食わぬ顔で、自分の前に現れたのだ。馴染みの女郎にでも会いに行くのか、船宿の亭主に導かれながら、太鼓持ちや芸者衆を引き連れて堂々と歩いている。

それを見た瞬間、梅若はカッとなり、七寸もの高下駄を蹴散らすと、見物の侍が腰に差していた小刀を抜き取って、喜平目掛けて突進していった。

すべては、一瞬の出来事だった。見物人たちがどよめいた。

「だーいーこーくーやーッ！」

喜平の前に躍り出ると、若い娘がこんな声が出るのかと思うほど、大音声《だいおんじょう》で叫んだ。

その目は血走っている。

「よくも、よくも、私をこんな所へ、売ったなッ！」

目を細めながら、梅若をしばらく見ていた喜平は、ようやく分かったと言うように、

「あっ、お前は、鶴橋のところの清野《きよの》か？　おお、女は化粧をすれば化けると言うが、あのしょんべん垂れの小娘が、こんなに色っぽくなるとはなあ」

そう言って、ニヤニヤしている。

「うるさいッ！　お前だけは許せない。父の仇《かたき》、私の仇」

「そうそう、お前の親父だが、借金が返せなくて逃げ出したぞ。今頃どうしているのやら。その分、お前にはたっぷり稼いでもらわなきゃな」

「ううう……」

梅若は怒りで全身を震わせながら、叫んだ。

「死ねーッ！」

そうして、短刀を喜平に突き刺した。

キャー！

周りで悲鳴が上がった。見ると、喜平が小刀を左手で受け止めていた。

その手から、だらだらと血が滴り落ちている。

「⁉」

失敗したと気がついて、梅若は青くなった。

「このアマーッ！」

怒りで真っ赤になった喜平が、もう片方の手で、梅若を叩きのめした。「ふてぇ、やろうだ！」「この俺様に立てつくなんざ、百年早いわ！」そう言いながら、地面に倒れた梅若を、容赦なく幾度も踏みつけている。それを見て、後ろから来たすずが慌てて飛び出した。

「やめておくんなんし！」

ぐったりした梅若を抱き起こしながら、すずは喜平を見上げた。片足を上げ、すずごと踏みつけようとした赤鬼と目が合った。その瞬間、二人の間に火花が散った。しばらく睨み合っていたが、すぐに見世の者が飛んできて両者を引き離した。

すずはこの時、初めて世間から「鬼」と呼ばれる男を見たのだ。怒気を含んで膨れ上がった赤い顔。巨大な獅子っ鼻。吊り上がった目など、その後、すずは長い間忘れることが出来なかった。

直次郎が、どう大国屋と決着をつけたのかは知らないが、この件はとりたてて表沙汰になることなく、梅若は楼主に折檻されると、すぐに河岸見世へと鞍替えさせられた。

しかし、河岸見世にしばらくいた梅若は、それから程なくして首を吊ってしまったという事だ。

それを常吉から聞かされた時、すずは、思わずくずおれそうになった。そして、河岸見世の方へ手を合わせると、梅若の短い生涯に祈りを捧げた。

すずにとって、この妹女郎の事は、助けてあげられなかった苦い思い出として、いつまでも心に残っていた。

# 第六章　年季明け

## 月に一度の髪洗い日

金華楼では、毎月二十七日が遊女の髪洗い日と決まっていて、その日が近づくと遊女たちは皆そわそわしはじめた。そして、朝になると、中庭にズラリと並べられた盥に湯が張られるのだ。それを用意するのは、間もなく八十にも手が届こうとする八五郎爺さんで、その足元はおぼつかずフラフラしているので、すかさず、すずは手を貸した。

「おお、ありがとよ、すず。お前さんだけだな。俺を手伝ってくれるのは」

そう言う八五郎に、すずは照れ笑いした。

幼い頃よりすずは、八五郎を自分の祖父のように感じていた。朋輩にいじめられ泣いていた時も、父が亡くなり悲しかった時も、不思議と八五郎と一緒に、風呂焚きをしていると気持ちがおさまった。パチパチとはぜる火を見ているうちに、気分が慰められた。だから、すずにとって、爺さんはなくてはならない人だった。

用意が出来ると、女たちが三々五々集まってきては、盥を前に一斉に髪を解《と》きはじめた。

女たちの笑いさざめく声に誘われて、金太が中庭を覗くと、姐さんたちが気持ち良さそうに髪を洗っていた。皆、肩脱ぎをして白い肌を惜しげもなくさらしている。それを見ると、金太は慌てて廊下の柱の陰に隠れた。だが、しばらくすると、またそっと覗いてみる。すると、その目が大きく見開かれた。

すずが、今、長い髪を下ろして湯を使いはじめたからだ。肌脱ぎの肩には豊かな黒髪がうねり、肉感的な乳房を覆うように左手で衣を押さえている。湯気のせいか、目の下にある赤い痣がうっすらと浮かび上がり、ほのかに汗ばんでいた。まるでそこだけ陽が当たっているように、すずのうぶ毛がキラキラと光っている。そのすずが今、顔を上げ、搔き分けた髪の隙間から、潤んだ片目でこちらを見た。その悩ましさ。艶やかさ。金太の鼓動が高鳴った。そして、自然と絵筆を執ると夢中でその姿を描いていた。

廊下の端で、熱心に筆を動かしている金太の姿に気がつくと、「また、あいつはさぼってやがる！」と八五郎爺さんがつぶやいた。そしてすずに向かって、「あいつは不思議な奴で、暇さえあれば絵を描いていやがる。一体、将来どうするつもりかね」とぼやきはじめた。

「こんな事で、いい若衆になれるのか。やれやれ、お鷹さんも苦労するわい」と。

爺さんの心配をよそに、それを聞くとすずは微笑んだ。自分の好きな事があるなんて、いいじゃないか、絵の才能があるなんて、羨ましいことだとすずは思った。自分には何もないのに……。金太はしばらく見ないうちに、背が伸びて、少年らしくなっていたが、もじゃもじゃ頭は相変わらずだった。

## 蛍

蛍はすずと一緒に、胡蝶の禿をしていたが、のちに直次郎、お吉夫婦に引き取られ、引込禿として大切に育てられていた。

お吉の手元で芸事をみっちり躾けられ、長じては、どこぞの若旦那にでも見初められれば、それも良し。でなければ将来、楼を背負って立つ、看板花魁になる筈だった。

しかし、蛍は元来おつむが少々弱かったようで、それに気づいたお吉が、元の禿に戻そうとしたのだが、直次郎が反対した。蛍はとても愛らしくて、喋らなければとても神秘的に見えたからだ。お吉はしぶしぶ自分の娘のようにして育て上げた。

だが、その蛍と直次郎が、裏茶屋で逢引をしているなど誰が想像しただろう。

すずたちは、ある日、女将のお吉が、突然心臓が止まり、亡くなった事を知る。蛍がその後釜になるということで、さらに驚いた。しかも蛍は身籠っていたのだ。

二人の背信を知ったお吉は、顔を真っ赤にして怒り、身体をぶるぶる震わせながら、倒れたということだった。

女郎たちはこの顚末《てんまつ》に仰天してしまう。直次郎は婿養子で、こんな場合どうなるのだろうと皆で言い合っていたからだ。

そして、年下の蛍が女将として君臨することに、皆一様にやりにくさを感じていた。

それは、すずとて同じだった。

すずは、年季の期限、十年が近づいてきていたが、借金はまだ残っていた。自分はどう足掻いたって金に縛られているのに、蛍の奴は、禿時代からいつも上手い具合に引き立てられている。そう思うと、すずは馬鹿馬鹿しくなり、何もかもが嫌になってきた。この籠の鳥の生活も、自分自身の身の上も――。いくら頑張ったって、どうにもならない人生に、虚しさしか感じられなくなってしまった。

私は年を取った女郎……。これからだって、いい事など何も起こらない。

そんな風にやけになっていた時に、すずは、ある男と出会ったのだ。

## 篠吉

廓生活も残すところあと二年を切ったすずだが、すべてにおいて投げやりになっていた。

二十歳を過ぎると年増と呼ばれるこの世界では、とっくに盛りは過ぎており、妹女郎たちが今では呼び出しを張っていた。すずは、すでにご意見番のような存在となっていた。

仲間うちも皆、くたびれた遊女になっていた。

幼馴染みのツネは、何度目かの間夫にご執心。年季明けには絶対所帯を持つと息巻いていたが、金だけ貢がされると、やがて男は来なくなった。

一体、何度騙《だま》されれば気が済むのか。朋輩の打ちひしがれた様子を見るにつけ、すずは、腹立たしくなってしまうのだ。

そんな中、すずは母からの文を受け取った。

子どもの頃は、あんなに待ち遠しかった故郷からの便りも、今ではあからさまに、金の無心となっていた。

実家は、弟の茂吉が継いでおり、その茂吉も二年前に嫁取りをして、子どもも生まれていた。初宮参りの様子を、母は事細かに伝えてくるが、家族の幸せそうな様子を知るにつけ、すずの心は千々に乱れた。

そして、この度、妹の佐代が隣村の庄屋の家へ嫁ぐことになり、その支度金を何とか都合をつけてくれないか、ということが書かれてあった。母が本当に言いたかったのは、こちらの方だろう。佐代は近所でも有名な美人に育ち、めでたく庄屋様の息子のお眼鏡にかなったようだ。

すずは、赤ん坊の時に、別れたっきりの佐代の姿を思い浮かべてみた。だが、どうしても思い出せなかった。無理もない。すずが、茅乃村を出てから、すでに十七年の歳月が流れていた。

「佐代ちゃん、良かったね」と赤ん坊の頃の妹に言ってみても、何の感情も出てこなかった。反対に、むらむらと怒りだけが湧き起こり、「あんたは末っ子だから、難を逃れたんだ！」と心の中で叫んでいた。

そんな自分に驚いて、すずは急いで頭を振った。

いやいや、そんな風に感じてはいけない、みんなの幸せを願わねば……。

だが、そう思おうとすればするほど、どうしようもなく、自分を惨めに感じてしまうのだった。

最後に「もうすぐお前も年季が明けるね」と書いてあり、母だけは、私の年季を覚えていてくれたのかと嬉しくなった。だが、続く言葉にすずは打ちのめされた。

「年季が明けても、お前にはこんな田舎暮らしは窮屈だろうし、江戸で住むのがいいさ。その方が幸せになれるだろう」

「……」

それは実のところ、すずに、〝帰って来るな〟ということだった。帰って来ても、お前の居場所なぞないよという意味だった。

すずは、全身から力が抜けた。

これほどまでに家のために尽くしたのに、その私に対してこの仕打ちか……。

さっきから微動だにしないすずを、不審に思ったツネが後ろから覗き込んだ。

そうして、肩越しに文の中身を確かめると、「フン！」と鼻先で笑った。

「だから家族なんて、ロクなもんじゃねぇって言ったろ！」

「……」

「お前は利用されたんだよッ！　あいつらにとって、あんたはただの金づるでしかないんだよッ。早くそれに気づきなよ」

そして、大げさに溜息をつくと、

「あーあ、良かった！　あたしにはそんな家族がいなくて。もしいたら今頃、あんたみたいに、骨の髄まで吸い尽くされていたわ!」と言った。

すずが、キッと睨みつけても、

「ああ、良かった! 良かった! でなけりゃ、あたし、あんたみたいに、死ぬまで女郎やってなきゃなんなかったわ!」

と馬鹿にしたように言うのだった。

だが、そういうツネの二の腕にも、情夫の名前を何度も消しては、また彫って――という醜い傷痕が生々しく残っていた。「家族なんていらない」と普段、口が酸っぱくなるほど言い募っている常吉だが、どれほど温かい家庭というものに憧れているのか……。すずには、痛いほど分かっていた。

ふと目をやると、廊下や座敷の隅々にいる女たちも、だらしなく間着《あいぎ》を羽織っただけで、髪も乱れ、白粉も剝げて、疲れ切った表情をしていた。

一体、私たちは何のために、こんな辛い勤めをこなしてきたのか。それもこれも家族のためを思えばこそじゃなかったのか……。

母からの便りで、なおのこと、傷ついたすずは、もう一つ残らずどうでもよくなった。金で縛り付けられている自分の身の上も、客との情事も、何もかもが嫌になってしまった。

気力を失い、勤めにも身が入らず、鬱々としていたある日、登楼した一人の職人に、すずは心を奪われた。

その男は部屋へ入って来ても、大柄な身体を縮こめるだけで、決して足を崩そうとはしなかった。そして、すずとは、目も合わさずにじっと下を向いているだけだった。

周りからは今夜も、女郎たちの嬌声や、男たちの酔っぱらった大声が聞こえてくるが、この男だけはなんだか身の置き所がない、といった態で身体を硬くしていた。質素だが、清潔な縞の木綿を着て、かしこまっている様子がおかしくて、ふっとすずの顔がゆるんだ。そんな客は初めてだった。

「お前さん、名はなんと言うんだい？」

「おら、篠吉って言うんだ」

「しの……吉？」

「ああ、仲間内からは、〝しの〟って呼ばれている」

「⁉」

驚いて、すずは男の顔をまじまじと見つめた。

なんと男は、すずが憧れている〝犬塚信乃戍孝〟と同じ名前だったのだ。自分の思い人として、腕に彫った入れ墨と同じ名。すずには、とても偶然とは思えなかった。

篠吉は、今年三十一で、すずより六つ年上だった。深川に住み、大工をしていると言う。

結局、その日、篠吉は何もせず、時間が来ると、一緒に来た親方と帰っていった。階段を降りる際、すずは男の耳元にささやいた。

「今度はひとりできなんせ」

それは女郎の常套句ではあったが、すずは半ば本気でそう言ったのだ。篠吉は少しはにかみながらコクリとうなずいた。

その日は、たまたま親方に、連れて来られただけだったが、それから篠吉は銭が貯まると会いに来てくれた。来ても何をする訳でもない。ただ二人で黙って下を向いているだけだった。あんまり静かなので、二人の間には、しゅんしゅんと鉄瓶の沸く音しかしなかった。

通りがかったツネがそれを見て、「子どもか⁉」と呆れたように言うのが、聞こえてきた。

ある日、楼に上がった篠吉が、部屋に積み上げてある貸本に目をやった。「これは？」と聞くので、すずは遠慮がちに、

「ああ、これは『八犬伝』の二十四巻から二十八巻なの。人気だから、手に入れるのが大変で、今日、やっと貸本屋に持ってきてもらったのよ」と答えた。

「へぇ……」と、あまり興味がなさそうな篠吉の様子を見て、「『八犬伝』を知らないの？」と、すずは驚いた。てっきり、篠吉も知っているものだと思ったからだ。

「いいや、知らない。けれど、花魁というのは、学があるんだなぁ」とさも感心したようにうなずいている。すずは褒められたようで、なんだかこそばゆくなった。


月に一、二度、顔を見せる篠吉に、何度も来てもらうのは悪いからと、すずが揚げ代を持つと言うと、「いんや、お前の借金にしちゃなんねぇ！」と篠吉は頑なに頭を振った。

それを聞くと、すずは、嬉しくなった。今までそんな事を言ってくれた男がいただろうか。皆、少しでも元を取ろうと何度でも挑もうとするのに……。

実直で、優しい篠吉に惹かれていくのを、すずは止められなかった。そうなると見世での勤めにも張りが出てくる。早く借金を返して、吉原から出て行きたくもなる。吉原を出て、その後は……。そう考えると、すずの胸は躍った。

何度目かの登楼の後、何故帯を解かないのかと尋ねるすずに、「お前みたいな綺麗な女とは勿体なくて出来ねぇ」と篠吉は言った。

すずは驚いた。

あたしが綺麗だって……？　確かに昔は、呼び出しを張っていた事もあったけれど、そのまま年だけ食って、今では年増女郎としてくすぶり続けているというのに……？

思わずカッとなったすずは、茶碗にお湯を注いで手ぬぐいを浸すと、顔を擦り出した。何も言わずに、突然、化粧を落としはじめたすずに、篠吉は戸惑い、目をパチクリさせている。白粉をぬぐい終わると、すずは、篠吉の前に顔をぐいと突き出した。

「これでも、あたしが綺麗だと言うのかい！　こんな痣のある女を」

しかし、篠吉はすずの顔をじっと見つめながら、

「どこに痣があるんだい」と不思議そうに聞いた。そして、

「化粧を落としても、やっぱりお前は綺麗だな」と微笑んだ。

その瞬間、すずの中で何かが弾《はじ》けた。くしゃっと顔を歪めると、

うわーん！

子どもみたいに泣き崩れた。それはすずが、初めて客の前で泣いた日で、そんな風に真摯《しんし》に向き合ってくれた男は、これまでいなかった。篠吉だけが、自分に寄り添ってくれたのだ。

急に泣き出したすずに、篠吉は慌てて側に寄ると、

「どうした？　どうしたんでぃ……」とおろおろするが、そう言われるとすずは、ますます大声を張り上げるのだった。

　客との交合は、三日に一度は嫌でも身体が反応する。そんな時は、してやったり！と言わんばかりに、客が自分の顔を覗き込む。すずはそうされる事も、そうなってしまう自分の身体も厭《いと》わしかった。別に好いた客でなくても、勝手にそうなってしまうのだ。すずは、そんな自分の身体が情けなく、呪いたくなった。しかも女郎が精を漏らすなど、あってはならない事なのに。

けれど、すずは、篠吉を思うと、自然と身体が火照ってきて、あの男とだったら、いつまでもしたいと思うのだ。これはどういう事だろうと問うと、ツネは、「それが恋というものさ」と、したり顔でうなずいた。そして、「おや、なにかい？　金華楼の丸太ん棒も、ようやく男の良さが分かってきたのかい」などと言ってからかった。


　仲間内の女郎たちは、病気で亡くなる者、胡琴のように身請けされる者、年季明けに所帯を持つ者、など様々だった。

　すずの中でも、年季明けには篠吉と、という思いがだんだん強くなっていった。もちろん、篠吉とそんな約束を交わした訳ではなかったけれど、きっと篠吉も同じ思いでいることは薄々感じとっていた。

篠吉は、相変わらず登楼しても、すずに無理強いすることなく、客が重なった時でもむくれることなく、大人しく部屋で待っていてくれた。

けれど、すずの方は気が気ではなかった。他の客を寝かしつけると、大急ぎで篠吉の下へ駆け付ける。そんな時は、バアタバアタと上草履の音もひと際高く廊下に響いていた。

だが、部屋へ入ると、篠吉の方は大概布団の中で寝ていた。

「もうし、しのさん、もう寝ちまったのかい？」すずが慌てて声を掛けると、篠吉は、にやりとして「なんで寝るもんか、これから綺麗な花魁が来るというのに」と、布団の中から声を出す。

「もう！」照れながらすずは、男の肩を軽く叩いて、帯を解こうとするが、その手を篠吉が止めた。

「疲れているだろうから、一緒に寝よ」そう言って、すずを布団の中に引き入れる。篠吉に抱かれると、すずはその腕の中にすっぽりと収まった。目の前には色白できめ細かい篠吉の肌が見える。その温もりを感じながら、すずは目を瞑《つむ》った。

今宵も階下からは、三味の音が賑やかに聞こえてくるが、そんな喧騒も次第に耳から遠のいて――。

すずは、幸せを噛み締めながら、眠りに落ちるのだった。

だが、いかんせん、吉原随一の大見世、金華楼へ登楼するには、金が掛かり過ぎた。月に何度か通っていた篠吉の足も、少しずつ遠のいて行った。もちろん、すずは、篠吉と将来の約束を交わした訳ではなかったが、それでも、火鉢を挟んで見つめ合う、その瞳には何の偽りもなかった。

悩んだ末、すずは思い切って、篠吉に文を書いて送った。嘘偽りない自分の気持ちをしたためて出したのだが、篠吉からの返事は一向に返ってこなかった。

毎日毎日、篠吉を思って、恋焦がれるすず。

若い娘の時のように、恋畳をしたり、手相見が通れば、呼び止めては見てもらったり……。こよりで作ったまじないの犬を、鏡台や箪笥の上に乗せては「早く来ておくれ」と口の中で唱えてみたり、返事がないのに一日に何度も文を書いたり、それをまた出そうかどうしようかと迷ったりと、そんな事をしながら、日がな一日を過ごしていた。

そんなある日、職人風の男がすずを指名したと言われ、「蝶々さんのいい人じゃない」などと朋輩たちにからかわれながら、喜び勇んで部屋へ入ると、そこにいたのは、額の突き出た小柄な男だった。

「お前ぇが蝶々か」男は、ねめつけるようにして、すずを見た。

篠吉ではなかったのでがっかりしたが、そんな事はおくびにも出さず、酒を勧めて相手をしていると、源次と名乗る男は、篠吉の大工仲間だと言い出した。

「しのさんのお仲間でありんしたか」

すずが嬉しそうに言うと、源次はあからさまに不機嫌になった。そして、篠吉が最近姿を見せないのは、すずに会いたいがために仕事を無理して入れ、身体を壊したからだと喋りはじめた。

「だから俺はやめとけって、言ったんだよ。女郎衆は大抵、子も出来やしねぇし、炊事、洗濯、針仕事と、女の仕事はからっきし駄目なんだって。そんなの嫁にしたって、苦労するだけなのに、あいつはほんと馬鹿だよッ」

酔っぱらった源次はそう気炎を上げるが、それを聞かされているすずは堪ったものではなかった。

その夜、すずは久しぶりに泣いた。それは大泣きと言って良いほどの涙で、布団の中でいつまでも涙にくれていた。そして、篠吉のことは忘れようと思った。篠吉の幸せを思えばこそ、そうしようと考えたのだ。

とうとう、すずの年季明けの日が迫って来た。

その日が近づくにつれ、やはり思うのは篠吉のことだった。かれこれ二十年にも及ぶ廓生活の中で、唯一忘れられないのは篠吉だけだった。すずは覚悟を決めて、篠吉に再び文を書いた。

「私は、今年の霜月に年季が明けることになりました。もし良かったら、その日、吉原大門まで迎えに来てくれませんか」それはすずの一種の賭けだった。

しかし、どれほど待っても返事は来ず、すずは焦りの色を隠し切れなかった。どうして文一本寄越さないの？　それとももう、私のことなどとっくに忘れてしまったの？

すずは、どうしていいか分からなくなってしまった。けれど、とにかく江戸へ出てみようと思った。吉原を出て、篠吉の下を訪ねてみようと考えていた。たとえ迎えに来なくても、篠吉を探してみようと。ふと、篠吉が所帯を持ったのではないかとも思ったが、慌てて頭を振ってその考えを追い払った。

「いいえ、きっとしのさんは、私のことを待っていてくれるわ。だって私の〝命〟だもの」そうつぶやくと、腕に彫った入れ墨をそっと撫でるのだった。

残りの借金を返済するために、すずは身の回りの物をすべて質屋に売った。気に入っていた櫛、簪の類も売り払い、煙草盆など要らない物は妹女郎にあげたりした。

「これが今、江戸では流行っているらしいよ」と仲間内で聞いた地味な縞の木綿を着て、髷も小さく結うと、鏡の中の自分は誰だか分からなかった。まるで一気に老け込んだようにも見えた。吉原では足袋を履くことは許されていなかったため、履いたことのなかった足袋も初めて注文した。

すずの手元に残ったものは、胡蝶が作ってくれた人形と、母から送られてきた文の束。それと少々の身の回りの物だけだった。金華楼を出る時に、そばを配ったりして、華々しく別れの挨拶をする者もいたが、自分はひっそり出ていこうと考えていた。誰にも見咎められずに、ひっそりと。それが自分の女郎としての、最後の引き際かと思った。


金華楼を去る日、すずはツネと別れを惜しんだ。ツネも年季は明けたが、まだ借金が残っているため、引き続き金華楼で働くことになっていた。今度は女郎ではなく、番頭新造として、お鷹の下で女郎を監督する仕事だった。まだ夜明けには程遠く、冷え冷えとした薄暗い廊下で、

「おい、すず虫、娑婆《しゃば》で使いものにならなかったら、あたいの下でこき使ってやるよ」

ツネは相変わらずそんな憎まれ口を叩くのだ。

「はッ！　誰がこんな所へ戻ってくるもんかいッ！」

すずもすぐさま応酬したが、これは本心だった。すずはもう二度と、この吉原には

舞い戻るまいと固く決意していた。

　子どもの頃から世話になった八五郎爺さんは、数年前に亡くなっていた。八五郎の仕事場だった風呂場に、すずは手を合わせた。洗面所、台所、大部屋、内所、中庭……など、長年住み続けた金華楼の一つ一つを、すずは目の中に焼き付けた。私はここで過ごしたんだ。子ども時代を含めると二十年も――。

　それは、すずの青春そのものだった。

「蝶々姐さん、これ」

　呼ばれて振り返ると、今年十五になる金太が立っていた。金太は今では下働きの男衆として働いていた。もじゃもじゃの頭を後ろで結び、月代《さかやき》は剃っていなかった。渡された紙を見ると、髪洗いの日に、盥から顔を上げた瞬間のすずが描かれていた。長い髪を掻き分けながら、こちらを見つめる目付きに、何とも言えない色気があった。

「金ちゃん、ありがとう」

　そう言うと、金太は今にも泣きそうな顔になり走り去った。

## 大門前

風呂敷包みを抱えたすずが、大門の潜り戸を出ると、すぐさま戸は大きな音を立てて閉められた。目の前には闇が広がるばかりで、右も左も分からない。遠くの方で、微かにポツリポツリと農家の灯りが点るくらいだ。

それを見ると、すずは急に不安に襲われた。そして、今出てきたばかりの戸を叩き、また中へ入れてもらいたくなった。

しかし、すずは小さく息を吐くと、「よし！」と覚悟を決めて、そろそろと歩き出した。

星が瞬く中、曲がりくねった五十間道を恐る恐る上っていくと、左手に玄徳稲荷が見えてきた。そこを過ぎると、吉原への唯一の道、日本堤へと繋がる衣紋坂に出る。この坂の右手には見返り柳がひっそりと立っていた。

すずが、この地へ初めて連れて来られた時よりも、ずいぶん丈が伸びている。それを見上げながら、「果たして篠吉は来てくれるのだろうか……」とすずは思った。

夜がしらじらと明けてくると、近在の農家がガラガラと肥え車を引いて大門の中へ消えていった。ああ、そうだった。吉原の朝は早いんだったと、改めてすずは思った。今頃金華楼では、風呂番が水を汲み、台所では湯気が立ち上り、禿や新造がお鷹に布団を剝がされている頃だろう。

それを想像すると、なんだかおかしくなった。

すずは、風呂敷包みをぎゅっと抱えながら、明けていく空を眺めた。

大門の中からは、朝帰りの客が時折現れては、靄の中に消えていく。男たちは、こんな時間に、衣紋坂に立ち尽くす女に興味津々で、ある者は顔を覗こうとし、ある者は名前を思い出そうとして、喉まで出かかったのか、「あ！　ああ……」と指を差しながら、通り過ぎていった。

すずは、そんな男たちをやり過ごしながら、「しのさん、早く来て……！」と祈るような思いでいた。

でも、もし、来なかったら……？

ふいにそんな不安に襲われた。

そう考えると、「うっ」いきなり激しい動悸に見舞われて、すずは胸を押さえた。

すずが脂汗を掻きながら、しゃがみ込もうとしたその時、「蝶々さん」と呼ぶ声がした。見ると朝靄の中から一人の男が現れた。

色白の大男。洗いざらしの縞の木綿に柔和な笑顔。それはまさしく篠吉だった。その篠吉が今、日本堤を山谷堀の方から走ってくるではないか！　すずは、ほっとして、すぐさま篠吉の下へ駆け寄った。

「この意地悪！　どうしてあたしの文に返事一つ寄越さないんだい」

すずは泣きそうになりながら、男の胸をこぶしで力いっぱい叩いた。

「すまねえ、俺は字が書けねえんだ」息を弾ませながら、篠吉はばつが悪そうに頭を掻いた。

「えっ」すずは驚いた。

「子どもの頃に田舎から出てきたもんで、読み書きが出来ねぇ。だからお前に返事を書くことが出来なかったんだ」

「そうだったの」

そうと分かれば、さっきまでの不安はどこへやら、すずは好いた男の胸に思いっきり飛び込んだ。

「おい、おい」人目を気にしながら、篠吉は照れたように笑うが、すずはお構いなし。こぼれんばかりの笑顔で篠吉の汗ばんだ胸に顔を埋めると、

「私の名前は、すず。これからは、すずって呼んでね」

と、幸せを噛み締めながら言うのだった。


部屋の中で寝転がりながら、貸本を読む手を休めると、すずは、「ふふふ」と笑った。

あれから五年近く経っているが、あの日の出来事はいまだに忘れられなかった。すずは、篠吉の気持ちが嬉しくて、思い出す度に胸の奥がジンと熱くなった。

私はなんて果報者なのだろう。

しばらく寝そべって、思い出に浸っていると、「大変だ！」と突然、篠吉の大工仲間が駆け込んできた。

「しのが怪我をしたんでぃ！」

「えっ⁉」すずは慌てて飛び起きた。

篠吉は仕事場の梁《はり》の上から、足を滑らせ落ちたのだと言う。驚いたすずが外へ飛び出すと、ちょうど戸板に乗せられた篠吉が運ばれてくるところだった。足には白い布が幾重にも巻かれ、顔面蒼白でうめき声を上げていた。

すぐに医者が呼ばれ診てもらうと、右足が複雑に折れ曲がっているとのことだった。怪我が直っても元のようには歩けずに、大工仕事は出来ないだろうと言われた。

「そ、そんな……」

すずは、急に奈落の底に突き落とされたような気がした。

「おかみさん、どうか気を落とさずに」大工の仲間たちは、口々にそう言いながら、帰って行った。

一人取り残されたすずは、苦痛に顔を歪めながら寝入る篠吉を見つめながら、

「大丈夫、この人は絶対に負けやしない。必ず元のように歩けるようになるわ」

と、まるで自分自身に言い聞かせるようにつぶやくのだ。

# 第七章　女郎たち、その後

## 前栽《せんざい》売りの女

弘化四年秋――。

「なんだ、こんなはした金！　酒だ、酒買ってこいッ！」

飛んできた湯呑が土間に落ちて割れた。それを見て、一日中歩き回ってようやく家に戻って来たすずは、溜息をついた。

篠吉が働けなくなり、一年が過ぎた。

すずの祈りも虚しく、篠吉の足は医者の見立て通り、怪我が治っても元のようには動かずに、杖なしでは歩く事さえままならなくなってしまった。

代わりにすずが野菜を売って歩く生活がはじまったが、どんなに朝早く起きて売り歩いても、大した額にはならなかった。次第に二人の生活は困窮し、長屋の家賃から日々の米代にも事欠く始末で……。大家の弥七には家賃を待ってもらい、大工の親方の甚兵衛など、借りられるところからはすべて借りつくし、何とか生計を立てているという有り様だった。

しかし、篠吉はそんなすずの苦労などどこ吹く風で、一日中敷きっぱなしの布団の中で酒をかっ食らっていた。

篠吉は、怪我をするまで、腕のいい大工で収入も安定していた。夜遊びもせず、いつも仕事が終わるとまっすぐ家に帰ってきていた。たまにする、家での晩酌を何よりも楽しみにしていた。ところが、働けなくなると、その鬱憤を晴らすかのように、酒に走るようになった。あたかも、酒が自分の辛さのすべてを忘れさせてくれるとでも言うように……。けれど、いくら気を紛らわせようとも、現実を変える事など出来ず、篠吉はじわじわと壊れていくかのようだった。

これまで言いもしなかったのに、酔うと些細《ささい》な事までいちゃもんを付け、すずを寝かせてはくれなかった。朝起きると、昨夜食べた物を吐いては布団や畳を汚している。酷い臭いがすると思ってクンクン嗅ぐと、粗相をしていることもあった。

「……」

すずは、溜息をつきながら、それらを一つ一つ片付けていくのであった。

いつかは持ち直してくれると、最初は大目に見ていたすずも、一年が過ぎる頃には、一向に働こうとしない篠吉に、徐々に腹が立ってきた。大工が出来ないまでも、何か他に出来ることを見つけて、仕事をしてもらいたかったが、篠吉は働くどころか、家へ引き籠もり寝ているだけ。そうして朝から酒を呷《あお》るのだ。

たまにふらりと家から出たかと思うと、夜には顔を腫らして帰ってくる。どこかで喧嘩でもしたようだった。

朝早くから、深川にある青物市場で野菜を仕入れ、売り歩くすずに対し、労いの言葉一つない。ないどころか、自分の分の酒のつまみだけを作り、一人で食べている。すずが、どんなに疲れて帰って来ようが、夕飯を作ってくれたことなどなかった。

今日も一日、足を棒にして売り歩くが、結局売れ残ってしまった。くたびれ果てて家に戻っても、お釜の中は空っぽだった。見ると、篠吉はすでに食べ終わったのか、空の茶碗を前に横になり、ちびりちびりとやっている。その顔はとっくに出来上がり、赤くなっていた。

部屋の中に食べ物の匂いがしているのに、すずには何も食べるものがなかった。仕方なく、お釜の底にわずかに残ったおこげと売れ残りの野菜を入れて雑炊を作った。出来上がるまでの間、ぐーっと腹が鳴り、それを誤魔化すために水を飲んで我慢した。

篠吉はと見ると、湯呑に酒を注いでいるが、空になったようでしきりに徳利を振っている。すずの事なぞ、まったく目に入っていないようだった。

「お前さん、飲み過ぎなんだよ」

すずは、首に掛けた手ぬぐいを取って畳の縁を軽くはたきながら、つい余計な事を言ってしまった。

「大体、女房が一日中、働き詰めで帰って来ても、食事の支度も出来てないなんて――」そこまで言うと、

「何をッ！」

突然、篠吉が激高して、湯呑茶碗を投げつけた。

ガシャーン！

湯呑はすずを通り越し、後ろの障子戸に当たると土間に落ちて割れた。

「二言目には、〝働いている、働いている〟って、なんだ、そんなはした金！　酒だ！　酒買ってこいッ！」

「……」

「俺は安酒しか飲んでねぇんだ。これでも我慢してるんだ。たまには亭主に、美味《うま》い酒でも買ってきたらどうなんでぇ！」

その剣幕に、すずは驚いてしまった。

あんなに優しかった夫が、まさか、こんな風になるなんて……。さながら人が違っ

たようだった。黙って破片を拾うすずに、「源次が言っていたのは、本当だったな」と篠吉が冷ややかに言った。

「女郎衆は何の役にも立たねぇと！　家事や炊事も出来ねぇし、お針一つ持てやしねえ。あげく、子すら産めねぇんだ！　ああ、俺は損こいたわッ！」

「――――！」

「あーあ、女郎なんぞ嫁に貰うんじゃなかった！」

「……」

「下手こいた！　損こいた！」

冗談めかして何度も喚く篠吉に、すずの目から涙が溢れて思わず外へ出た。

家事や針仕事の事はともかく、すずは、子どもの事を言われると、何も言えなくなってしまった。

「悔しかったら、俺と同じくらい稼いできやがれッ！」

家を出るすずの背に、篠吉がそんな言葉を投げつけた。


気がつくとすずは、暗い夜道を一人歩いていた。

天上には、三日月が懸かり、掘割の水に揺らめいている。

すずは、子どもが出来ない訳ではなかった。それが証拠に女郎時代に一度、子が流れた事があった。

それはまだ駆け出しの頃。数日前から下腹部の痛みを抱えていたが、厠へ入ると、何やらするりと飛び出た気がした。よく見るとそれは赤い物体で……怖くなり、そのままにして出てきたのだが……。

あとでお鷹に相談すると、見る見るうちに顔付きが変わって、

「この馬鹿たれが！　あれほどあげ底をしろと言っておいたのに、それをさぼったんだね。この馬鹿が、馬鹿が、女郎が孕《はら》むなんて、末代までの赤っ恥だよッ！」

と怒鳴られ、煙管で激しく殴打された。

すずは泣きながら、「ごめんなさい、ごめんなさい、でも、流れたので……」そう言うと、お鷹の打つ手が止まり、ようやく落ち着きを取り戻した。

そうして、お茶を一口啜ると、「なんて親孝行な子だ。おっ母に迷惑かけまいとしたんだね」と言うのだった。

「――！」

その頃、すずは十七だった。もしも産んでやれたら……。そんな事は無理だと分かってはいても、それでも産んであげられていたら……と、すずは、後々まで後悔した。

いつの間にか、大川縁の船宿まで歩いてきたようだ。係留している舟が見える。足元の草むらからは虫の声が聞こえていた。

父親は誰かと責められ、あの頃、馴染みだった煙草屋の旦那、壮次郎《そうじろう》の名を挙げた。壮次郎は大きな丸眼鏡を掛けた、いかにも実直そうな男で、帰り際、煙草盆の引き出しに、最高級の国府の葉を黙って入れて置くような通な人だった。

すずの事を、「お前は珍しい女郎だね。男女の睦言に興味がないなんて」と面白がり、可愛がってくれていた。

ところがお鷹から「主さんの子を孕んだようですよ。どうします?」と問われると、それ以来、足が遠のいてしまった。

すずはその時、男の無情さを、身を以て知ったのだ。

それからは、子どもが出来ないように気をつけていたのだが、篠吉と所帯を持った後も、どうした事か身籠ることはなかった。

立ち止まると、すずは月を見上げた。美しい弧を描く月は、笑っているようにも見えた。

篠吉の荒れは酷くなる一方だった。

すずの前栽売りの収入くらいでは、到底追い付かなくなった。篠吉はすずに内緒で職人仲間にも酒代を借りていて、月末になるとその返済にも追われるようになっていた。

| | |
|---|---|
| 家賃一ヶ月分 | 四〇〇文 |
| 米一升 | 七〇文 |
| 味噌一貫 | 一二〇文 |
| 醬油一升 | 四七文 |
| 酒一升 | 二五〇文 |
| 湯屋一回 | 六文 |
| 煙草代 | 一〇文 |
| 蠟燭《ろうそく》一本 | 二〇〇文 |
| 炭一俵 | 二七三文 |
| 医者代 | 六六七文 |

対して、すずが一日に稼いでくる金は、せいぜい六〇〇文くらいか。そこから、三五〇文ほどが仕入れにかかっているので、残りは、二五〇文。日に一〇〇〇文以上を稼いでいた篠吉とは段違いで、借財は日に日に膨れ上がるばかりだった。

すずは、足りない分を篠吉の親兄弟から借りられないかと思ったが、子どもの頃に親戚を頼って三島から出てきた篠吉には、すでに家族はいなかった。

思い余って半年前に、すずは故郷の母に、今の窮状を書き送っていた。本来なら、こんな情けない事はとても頼めやしないのだが、今度ばかりはそうも言ってはいられなかった。だから、「少しばかり都合をつけてもらえないか」と頼んでおいたのだが、いつまで経っても返事は返って来なかった。

もっと売り上げを伸ばそうと、青菜だけではなく、大根や芋などの重たい物も仕入れるが、女の力ではそうたくさんは持てず、疲れるだけだった。

篠吉からは、「お前ぇには、馴染み客の一人や二人いただろうに、そいつらからでも銭を引っ張ってこい！」などと酷い事も言われるようになってきた。すずとて、今のままではどうしようもないと分かってはいるが、どうすることも出来ないでいた。


悩んだ末、すずは、自分の初めての相手である、小網町にある土浦屋佐兵衛を訪ねてみることにした。

篠吉から言われたこともあり、昔のよしみでいくらかでも借りられたら、否、もしかしてもらえたなら……などと都合のいい事を考えない訳でもなかった。

いつもなら、継ぎを当てた古着しか着ないすずが、久しぶりに鏡の前に座り、念入りに化粧をした。だが、この一年で、日に焼けて黒ずんだ肌は、白粉のノリが悪く、容易になじんではくれなかった。

日本橋川にある船積問屋はすぐに見つかった。荷下ろしをする人夫が勢いよく行きかう中、帳面を付けている番頭風の男に、「佐兵衛さんは、いらっしゃいますか」と尋ねると、「親父はとうに亡くなりましたが。どちらさんで？」と不審な顔をされた。「いえ、昔、世話になり、懐かしくなって」と言葉を濁すと、すずはすぐにその場を立ち去った。

そりゃそうだ。十七の時の旦那だもの。亡くなっても当然だ、と思った。

思い立ってその後も、二、三人の馴染み客を訪ねてみたが、「金を貸す代わりに」とあからさまに色目を使われたりして、這《ほ》う這うの体《てい》で逃げ帰ってきた。

## 巴屋空也

最後に思いついたのが、空也だった。

胡蝶姐さんの情男《いろ》だった巴屋の空也さん。幼いすずの憧れだった人。けれど、空也の気持ちは亡き胡蝶にあると知り、それ以上は踏み込めなかった。それでも、吉原時代には何くれとなく力になってくれ、梅若の御役の時には、後ろ盾にもなってくれた。

こんな時にまで頼るのは嫌だけれど、仕方ない。すずは、腹を括って京橋にある空也の店へ行ってみることにした。

目指す巴屋は、丸屋根の洒落《しゃれ》た店構えと手頃な値段で、若い娘たちに人気のようだった。それが証拠に店は女性客でひしめいており、その客の目の前で垢抜けた手代たちが慣れた手つきで、反物を床に広げている。その色とりどりの美しさに、すずはしばし時を忘れて見惚れていた。

「いらっしゃいませ」

小僧に声を掛けられると、すずは慌てて店を出た。自分なんぞがここにいるのは、場違いだと感じたからだ。すでに私は、吉原金華楼の蝶々姐さんではなく、うらぶれた長屋のおかみさんなのだ。反物を手に取るなんて分不相応だと思った。

所在なく、ぶらぶらと裏手へ回ると、屋敷の方から人の笑い声がしてきた。何事かと板塀の外から覗いてみると、庭に一人の中年男がいるのが見えた。よく見ると、それは空也であった。少し恰幅が良くなったが、昔と変わらず端正な身のこなしで、青磁色の長羽織が良く似合っていた。

「――――！」

懐かしくなり、すずが思わず声を掛けようとした、その時、

「とと様」

向こうから幼い男の子が走ってくるのが見えた。後ろから、上品な母親らしき女性もついてくる。それを見ると空也は笑顔になり、男の子を抱き上げた。妻らしき女はそんな二人を、嬉しそうに見上げている。その瞬間、すずは雷にでも打たれたような衝撃を受けた。そして、少しでも、自分があの地位に取って代わりたい、と願ったことが悔やまれた。

すずには、分かったのだ。自分では空也の妻にはなれないということが。巴屋の女将など務まらないということが。だって、私にはあんな風に落ち着いて、穏やかに夫を見上げるなんて真似は出来ないのだもの。私では力不足だもの。あの方を支えるには……。

そのことが、すずには、嫌というほど思い知らされた。

すずの目から一筋、涙がこぼれた。

「……！」

それに気がつくと苦笑いして、指でぬぐった。そして、幸せそうな三人に向かって、深々と頭を下げると、そっとその場を離れるのだった。

## 夕霧

ある夕刻。

売れ残った前栽の入った笊《ざる》を持ち、すずが足取り重く歩いていると、「おや、蝶々さんじゃないかい」と声を掛ける人がいる。

知らぬ間に、米蔵の立ち並ぶ界隈に来ていたようで、見ると大きな米問屋の前で、でっぷり肥えた女将さんが立っていた。大きな眼鏡を掛け、腰からはジャラジャラと蔵の鍵をぶら下げている。

「どちらさんで?」

怪訝《けげん》なすずに、女は「あたしよ、あたし。夕霧よ」と言った。

少し考えてから、すずは叫んだ。

「ゆ、夕霧さん⁉」

夕霧は金華楼の同輩で、ほっそりとした柳腰に、切れ長の目をした女だったが、今、目の前にいるのは、夕霧とは似ても似つかぬ体型だった。確か夕霧には、左目の下に泣き黒子があった筈だが……? よく見ると、女の顔には、確かに小さな泣き黒子がある! 眼鏡とほっぺの肉の間に挟まって、今まで気づかなかったが……。

「夕霧さん？　本当に？」

あまりの変わりように、すずが呆然としていると、夕霧は「あたしも変わったけど、あんたも相当変わったわね」と言って、ガハハと豪快に笑った。

夕霧は、すずと共に一時期、呼び出しを張っていた花魁だが、将来を交わした米問屋の若旦那がいて、そのせいか暇を見つけては、算盤《そろばん》の練習ばかりしていた。しかめっ面の番頭にもよく帳簿の付け方などを聞いていたものだ。

いつも机に向かって勉強していたので、それを快く思わない女郎たちからは、陰口を叩かれていた。

年季明けには首尾よく、若旦那と一緒になったとは聞いていたが……。まさかこんな所で出くわすとは……。すずは目を疑った。

夕霧は祝言をあげてからは、夫を助け一緒に商売に励んだらしい。吉原にいた時分から、計算が速かったので、徐々にお金の管理を任されるようになり、自分が仕切るようになってからは、徹底的に無駄を省き、奉公人の数も減らして、今の財を成したと言う。その話ぶりや、腰に下げた錠前の数からしても、自信がうかがえた。

常に周囲に目を光らせ、帰って来た手代にも「遅かったじゃないか、ちゃんと掛金回収してきたんだろうね」と睨みを利かす夕霧の姿に、さっきからすずは、圧倒されっぱなしだった。

「吉原商法がここでも役に立ったわね」

そう言って、にやりと笑う夕霧に、すずは何か背筋に冷たい物を感じていた。おそらく夕霧も、直次郎やお吉のように、奉公人をこき使い、お仕着せをあてがい、底の見える薄い汁に、茶碗一杯だけの白飯を食べさせているのだろう。そして元服までは無給で働かせ、それ以後も給金は帳簿で管理し、着る物から食べる物まですべて店から借りるという形にしているのだろうと思った。

大店の女将さんという割には、年期の入った着物に、前掛け姿。化粧っ気もなく、素足に下駄という格好は、質素倹約というにふさわしいものだった。これが元花魁で、禿や新造を率いて、毎夜華やかに花魁道中を繰り広げていたというのが、俄には信じられないくらいだった。

すずは、思い切って夕霧に借金を頼んでみた。すると「あたしの一存では決められないからね」とにべもなく、「その代わり、青菜が余ったら、寄ってきなよ、あるだけ買ってやるから」と言うのだ。

これだけ毎日、大金を動かしているのだから、すずの申し出など大した額ではないと思うのだが、友だちでも金は金と、厳格に決めている様子に、すずは逆に感心した。

帰り際、夕霧はしみじみと、

「しかし、金華楼であんなに輝いていた蝶々さんが、こんなになっちまうなんて」と哀れむように言った。

それを聞くとすずは、穴があったら入りたくなった。夕霧の言う通り、今のすずは、垢じみた着物に姉さん被り。この寒空に裾を脛《すね》までたくしあげ、素足に履きつぶした草履を履いている。こんな自分こそ、かつては吉原で、呼び出しを張っていたなんて、誰が信じるだろう。

すずの脳裏に、算盤を弾いている夕霧の姿が浮かんできた。「おや、夕霧さん、ずいぶん熱心だね。若旦那のためかい」すずがそう言ってからかうと、「いやあね」と夕霧ははにかんでいた。その顔が、今の太った中年女と重なって――。

ちっ！

なんだか、むしゃくしゃして、すずは思わず心の中で舌打ちをしていた。

小名木《おなぎ》川沿いを歩きながら、すずはさっきの事を考えていた。

夕霧さんは幸せそうだった。自分の手でちゃんと稼ぎ、家の切り盛りもして、店でも采配を振るっていた。まるで女の出世道のようだった。

それに比べて私は、何が悪くてこうなってしまったのだろう。

それとも、やっぱり私が悪かったのかしら。こんなになる前に、手を打ってこなかった私が……。もしかすると、女郎時代にもっとやるべきことがあったのかもしれない。なのに、私はいつも流されるまま生きてきた。流されるまま……。そんな事を考えていると、そこはかとなくすずは胸が塞いでくるのだった。


長屋へ戻ると、大家の弥七が渋い顔で待っていた。

弥七は腕組みをしながら、畳の縁に腰掛けている。後ろでは、酔っ払った篠吉が、人が居るにも拘わらず大鼾で寝ていた。

「おすずさん、これ以上は待てないんだよッ!」

弥七はすずを見ると、食ってかかった。

「盆までの分もまだ貰っていないんだよ。このままいけば、まさか、年末の分まで払えないとか言い出すんじゃないよね」

眉を吊り上げ、そう迫る弥七に、すずは黙っていた。このままいくと間違いなく、年末の分までも払えないのは目に見えていたからだ。

ツケは家賃だけではなかった。酒屋、米屋、油屋、炭屋……など、あらゆる所に溜まっていた。すずは目の前が真っ暗になる気がした。

怒りを露わにする弥七に、すずは、なんとか年末までにはと頼み込み、ようやく帰ってもらった。

「本当ですよ。もし年末までに一年分、耳を揃えて払えなければ、出て行ってもらいますからね」弥七は釘を刺すのを忘れなかった。

大家が帰ると、すずの怒りは頂点に達した。

「いい加減におしよーッ！」

そう叫ぶと、鬼の形相で、一足飛びに座敷に上がったすずは、いぎたなく寝ている篠吉を叩き起こした。

「もう、あたしの力じゃ、限界なんだよ！　親方にでも頼んで、なんとか働きに出ておくれよーッ！」

しかし、いくら揺さぶろうとも、篠吉は夢の中。ようやく目を開けたかと思うと、寝ぼけ眼ですずを見て、「うるへー」と言うだけだった。


そろそろ初霜の降りるある夜のこと。仕事で帰りが遅くなったすずは、大川沿いを足早に歩いていた。最近では売れ残った野菜を、夕霧がすべて買い取ってくれるので有難かった。昔の馴染みといっても、あまり迷惑は掛けられないが、これならもう少し仕入れを増やしても良さそうだと考えていると、いきなり、

「いいから、寄っていきなよ」

「触るな、ババァ」

と言い争う声がした。

見ると、河岸に係留していた舟に、強引に客を引きずり込もうとする夜鷹がいる。

「なんだい、夜鷹か」とすずは、眉をひそめた。女郎の成れの果てである夜鷹は、岡場所などで使い物にならなくなった女が、流れ流れて最後に行き着く先だった。

まったく、いい年して、まだ身体売っているのか……。

すずは、何気なく手ぬぐいで隠している夜鷹の顔を見て驚いた。

「住之江《すみのえ》さん！」

それは、すずが、まだ金華楼にいた時に、間夫と逃げた住之江だった。

## 脱出

住之江は、背がひょろりと高くて、それに比例して顔も長く、おまけに鼻も長かった。決して美人とは言えないご面相で、しかも女郎としての盛りはとっくに過ぎていた。その住之江には与平《よへい》という間夫がいて、暇さえあればのろけ話ばかりしていた。

女郎には大抵間夫がいて、思い人がいるからこそ、苦界の勤めも耐えられるというものだが、どんなに一緒になりたくとも、年季が明けるまではなれないのもまた事実で……。女たちはそんな苛立ちに苦しめられていた。

そして、それは住之江も同じだったようだ。

それでもほとんどの女たちは、他に気を紛らわせたり、勤めに励んだりするのだが、これを逃すと後がないと考えたのか、住之江の思いは募るばかり。身揚りで与平を揚げることもしばしばだった。遣手のお鷹はそんな彼女を警戒して、与平が来ると有無を言わさず追い返していた。

好きな男にも会えなくなり、住之江は日に日に元気がなくなっていった。食欲も落ちて痩せ細り、目も落ち窪《くぼ》み、さながら幽鬼のようになってしまった。薄暗い所で出くわすと、思わず「キャッ」と悲鳴を上げてしまうほどだった。

口さがない新造たちは、「柳の下に出てきそうだね」「くわばら、くわばら」などとささやき合っていた。

そのうち心中でもしてしまうのではないかと、すずも心配していたが、そんなある夜、住之江が楼を脱出した。それを知った時、すずは信じられないという思いと、「でかした、住之江さん！」と心の中で拍手喝采したものだ。

住之江が楼を抜け出した日は、九郎助稲荷の縁日だった。稲荷社には毎月のように祭日があったが、その日は初午、つまり一年で一番寒い二月の事だった。

出店が賑やかに立ち並び、皆がお祭り騒ぎに酔いしれている隙に、住之江は、久しぶりに登楼した与平とこっそり逃げ出した。それは金華楼はじまって以来の一大事だった。

すぐさま男衆が会所へ報告し、闇夜の中、松明の明かりがあちらこちらへ走り回った。やがて、羅生門河岸の黒塀にある忍び返しが壊されているのが見つかった。側にある見越の松に腰帯が掛かっていたので、ここから逃亡したのは間違いなかった。早速、廓外へ追っ手が差し向けられたが、どこへ消えたのか二人の行方は杳《よう》として知れなかった。

すずたち女郎は、寄ると触ると二人の噂をした。

「上手いことやりやがって！　あーあ、あたしにもそんな、情熱的な間夫はいないものか」そう溜息をつく常吉に、珍しくすずも同調した。

「ほんと、あたしもあやかりたいよ」

それほど綺麗でもなく、若くもない住之江に、あれほど情熱的に人を愛する気持ちがあったとはと、驚くとともに、すずは羨ましくも感じていた。

すずは常々、「私は海育ちだから、泳ぎは得意」と自慢していた住之江が、着物を頭に乗せて、腰巻一つで氷の張ったお歯黒どぶを泳いでいく姿を想像した。そこには抜け殻のようになっていた、かつての住之江の面影はなく、抜き手を切って泳いでいく、颯爽《さっそう》とした美女を思い浮かべるのだった。

あの頃、すずは住之江に憧れていた。楼を抜け出すなんて度胸は、自分にはとてもなかったから……。

その住之江が、今、すずの目の前に現れたのだ。年老いた売春婦として――。

辻売りのおでん屋の火鉢に当たりながら、すずはさっきから住之江と熱々の田楽を頬張っていた。熱燗《あつかん》を分け合った二人は、ずいぶん口も滑らかになっていた。

「あれから大変だったんですから」とすずは口火を切った。

見つかったら、ひどい折檻が待っている筈だったが、住之江はとうとう見つからず、直次郎やお吉は、一層すずたち女郎に厳しく当たるようになった。

気の毒だったのは、遣手のお鷹だ。監督不行き届きということで、楼主からきつい お灸を据えられた。お陰で情夫を持つ女郎たちは、しばらく会わせてもらえなかったほどだ。

串に刺したこんにゃくを頬張りながら、「あはは、そりゃ悪かったね」とさほど悪びれた様子もなく住之江は言った。

「本当に迷惑でしたよ。で、その後どうしたんですか」

金華楼から抜け出した後の、住之江の人生はどうだったのか、すずの興味はそこに尽きた。

「あの後ね……」酒のせいで、ほんのり頬を染めた住之江は、語りはじめた。

上手く金華楼から逃げおおせたものの、二人はすぐに生活に行き詰まってしまった。亭主となった与平は、四十過ぎまで所帯を持てず、鋳掛屋として往来を行き来していたが、その仕事も出来なくなった。

二人は少しの間、江戸を出て、伝手《つて》を頼りに下総《しもうさ》で百姓の真似事をして暮らしていたが、それも続かず、結局江戸へ舞い戻り、今は与平と二人で船饅頭をやっているとの事だった。

すずは、唖然とした。

せっかく好きな男と逃げおおせたのに、まだ色を売る商売をしているのか。それが嫌で逃げ出したのではなかったのかと。

そんなすずの気持ちを察したのか、

「なんだい、呆れたかい？　所詮、蝶々さんには分からないさ。まっとうに勤め上げた、あんたには」住之江は少し皮肉っぽく言うと、「でもね」と言葉を継いだ。

「好いた男と所帯を持てたんだもの、あたしは幸せよ」

その言葉の意味が俄には信じられずに、すずは住之江を見つめた。

住之江の顔は白粉が剝げ、まだら模様になっていたが、そこに後悔の色はなかった。むしろ、その瞳は澄み切っていた。

「……」

それを見ると、すずは考え込んでしまった。

住之江は、亭主を食わせるために、こんな商売でも幸せだと言い切るのだ。何分それが、痩せ我慢だとしても、覚悟の上なのだろう。

けれど、自分は違う。自分はちゃんと年季明けに、好いた男と所帯を持ったのに……。だから、誰からも文句をつけられる筋合いはないのに……。なのに、自分は幸せなのだろうか……？

すずには分からなくなってしまった。

食べ終わると、住之江は「さあ、仕事、仕事」と立ち上がり、「それじゃあ、蝶々さん、ごちそうさん」そう言うと、さっさと亭主の操る舟に乗り込んだ。

霧の中、消えゆく後ろ姿を見送りながら、すずは、「あっ！」と思い出した。そして、暗闇に向かって、何か言いかけるが、住之江の姿はもうどこにも見当たらなかった。

住之江が廓を抜け出してから、ひと月あまり。

ある日、すずが揚屋町の湯屋から戻ってくると、見知らぬ男が表を掃いていた。男は膝の抜けた股引を穿《は》き、いかにも田舎臭い、人の好さそうな顔をしていた。ちょうど通りかかった常吉に、あれは誰かと聞くと、
「ああ、あれは住之江さんの兄さんだと。借金を返せないので、妹の代わりに年季明けまで、働かせられてるらしいよ」と言うのだった。

## 再び吉原へ

「もう二度とここへは戻るまい」と誓った吉原へ、久しぶりにすずは足を向けた。すでに昼近くだったが、仲の町通りは閑散とし、時折、文を届けにでも行くのか、禿たちの駆けていく姿が見えた。

金華楼へ顔を出すと、今では女将となった蛍が、一回り大きくなって出てきた。年ごとに子どもを産んだとは聞いていたが、相当横幅が広くなっている。

後ろから、「おお、すず。久しぶりじゃねぇか」と顔を出したのは、楼主の直次郎だ。だが、その姿を見て、すずは驚いた。直次郎は、ギャンギャン泣く赤ん坊をねんねこ半纏で背負い、しかも、赤ん坊が直次郎の髷を摑んで離さないため、首が後ろにひん曲がっていたからだ。

すずは唖然とした。

直次郎と言えば、すずが覚えている限りでは、常に上等な羽織を着て、厳めしく内所の奥に鎮座していたのに……⁉

ついぞ見たことのない格好に、すずは思わず吹き出しそうになった。

「今日は何かい、金でも借りに来たか。いいぞ、またここで働くか」

「ご冗談を」

そんな軽口を叩きながら、二階へと上がっていった。

大階段を上った先に、目指す遣手の部屋があった。

すずには、そこにお鷹が座っているのが見えた。ぶよぶよとした身体を持て余し気味に、お茶を啜りながら、年がら年中、女郎たちに小言を言っている。その姿形が消えたかと思うと、今度は地味な着物を着た、痩せて色の悪い中年女が現れた。

すずが面食らい、まばたきをしていると、女が言った。

「おや、すず虫、今日はどうしたい？　幼馴染みのあたしに会いたくて、わざわざ来たのかい」

即座にすずも返した。

「まさか！　まつ虫なんかに、なんの用事があるもんかい」

それは、今では金華楼の遣手にまで上り詰めた、ツネの姿であった。

女ふたりは、久しぶりに長火鉢の前に座ると、積もる話に花を咲かせた。

「女将さん、蛍を見たかい」

「見た、見た！　一体なんだい、ありゃ？　いつの間にあんなに太ったんだい」

「そうなんだよ。今年で五人目だよ。いくらなんでも産み過ぎだろうって。旦那なんて、毎日ビービー泣く、子どものおしめを取り替えるのに忙しくってさ。商売にも何にもなりゃしない！」

そう言って、ツネが顔をしかめたので、二人して笑った。

「ねぇ、胡琴姐さんの事、知っている？」

ひとしきり笑ったあと、ツネが真顔で言った。

「ううん、知らない。どうしたの」すずが尋ねた。

胡琴姐さんは、金華楼一の出世頭だった。美しくて教養もあり、穏やかな性格で、のちに旗本青木伝左衛門に身請けされたのだ。胡蝶亡き後、すずの後ろ盾にもなってくれ、道中突き出しの時にも世話になった。急にツネが真剣な眼差しになったので、すずは不安を覚えた。

「胡琴姐さんはね、亡くなったのよ」

それを聞くと、すずは言葉を失った。姐さんが死んだなんて、一体、何故……？

　ツネの話では、身請けされた後、旗本家の妾となった胡琴。だが、夫となった伝左衛門はしばらくすると亡くなり、その後胡琴は、すでに家督を継いでいた長男から別宅へ追いやられ、もともと悪かった肺の病が悪化して、三年前に亡くなったという。

「しかも、遺体は浄閑寺へだってさ」

「えっ⁉」

　すずは愕然とした。

　浄閑寺は、死んだ女郎を菰に包んで投げ込むので、通称投げ込み寺などと呼ばれていた。胡蝶姐さんが亡くなった時も、この寺に無縁仏として埋葬されていた筈だ。それが、大家の妾となった、胡琴姐さんまでもがこの寺とは……。

　あまりのむごい結末に、すずは二の句が継げなかった。

　駕籠に乗り、晴れやかに吉原を出た日の、胡琴の姿を思い浮かべた。あの日の姐さんは本当に綺麗で、幸せそうだったのに……。

　すずは、胡琴の無念さを思うと、胸が潰れそうだった。

「そう言えば」と、急にツネは上目遣いになった。

「知っているかい、あたしらを売った半蔵の孫娘が、吉原に売られたそうだよ」

「えっ」とこれにもやっぱり、すずは声を上げてしまった。

「そうなんだよ。人間やっぱり、悪い事は出来ないようになっているんだね。女衒の孫が女郎にとは」

ツネはそう言って、訳しり顔でうなずくのだ。

半蔵には一人息子がおり、その子を医者にすべく、幼い頃より高額な謝礼で学ばせていたそうだ。そのために、人買いまでして稼いでいたというのだが。しかし、そうまでして医者にした息子が、これからだという時に早世してしまった。愛する息子を失い、しかも生活まで苦しくなった半蔵は、仕方なく残された孫娘を、吉原に売ったという事だった。

京町二丁目の玉の井にいる葵《あおい》というのが、その娘らしい。

ツネからそんな話を聞かされて、すずは開いた口が塞がらなかった。

結局、女を売って儲けた女衒だって、決して幸せではなかったのだ。しゅんしゅんと鉄瓶の沸く湯気の音を聞きながら、因果応報というのはまさしくこの事だと思った。

それにしても、半蔵の息子を医者にするために、自分たちが売られたのかと思うと、すずはなんともやり切れない思いがした。

「そう言えば、金ちゃんは？」すずは、辺りを見回した。

すずが、金華楼を出る時、十五歳だった金太。さぞや立派な若衆になったことだろう。

金太の名前が出ると、ツネはいきなり渋面になり、

「金公は、婆さんが死んでから、すぐにここを出て行ったよ。何でも絵師になりたいんだと！　儲かるのかねぇ、そんな商売」と呆れたように言った。

そうか、絵師か……と、すずは思った。

金太は昔っから絵を描くのが好きだった。自分の好きな道で、生計を立てていきたいと考えるほど、たくましく育ったのだ。すずは、もじゃもじゃ頭で、一心不乱に絵筆を動かしていた金太の姿を、懐かしく思い出していた。

「ところで今日は、何の用で？」ついにツネが切り出した。

すずは、どきりとしたが、もう隠してはおけなかった。腹を括ると、

「ツネちゃん、お願い！　お金があったら、少しでいいから貸してくれない？」と手を合わせた。

「なあんだ、そんなこったと思ったよ。随分くたびれた格好しているから」

「……」

「でも、無理だね」ツネの返事は素っ気なかった。

「あんただって、遣手の給金がどんなもんか知っているだろう？　客からの花代しかもらえないんだよ。そんなあたしに金がある筈がないじゃないか」と言って笑った。

「そっか」とすずも笑った。

　その時、「びえーっ」という泣き声とともに、廊下で禿たちの騒ぐ声が聞こえてきた。

「こらっ！」と怒鳴りながら、ツネは煙管片手に立ち上がった。

「お前らは何べん言えば分かるんだッ！　喧嘩をするなッと言ったら、すなッ！」

　障子を開け、鬼の形相でやってくるツネに、禿たちは、「きゃーっ」と悲鳴を上げながら一斉に逃げ出した。けれど、それはどこか楽しげで、まるで鬼ごっこをしているようだった。

　すずは、思わずくすりと笑うと、ツネの後ろに声を掛けた。

「ツネちゃん、今、幸せかい？」

　振り返ったツネは、「さあね、どうだろ？　ただ、乞食同然で行き倒れていたあたしを、助けてくれたのも、ここだったから。案外これで良かったのかもね」と肩をすくめた。

　ツネは江戸で暮らせないのなら、田舎へ帰るという手もあるよと言った。

　夫婦二人で、先祖伝来の田畑を耕せば、とりあえずは何とかなるんじゃないかと。

　それを聞くと、すずは、まさかと思った。故郷とは、今では文の行き来すら滞りがちなのに、この期に及んで頼れるのだろうか。第一、職人気質の篠吉がなんと言うか……。

悩むすずの様子を見て、ツネが言った。

「大体、今、実家があるのは、あたいらが身を売って助けてあげたお陰じゃないか。それくらいしてもいいんじゃないかい」

ツネの言葉に驚きながらも、それも一理あるかと、すずは思い返した。そうだ、困った時はお互い様じゃないか。私だって、昔、みんなを助けたのだから、今度は親兄弟を頼ってもいいのではないか。それに故郷へ帰れば、病気のおかかの看病も出来るし。

すずは、父への孝行は出来なかったから、せめて母にだけは親孝行をしてあげたかった。

ツネの言葉に触発され、帰る頃には、すずはすっかり、「そうだ！　おかかにもう一度頼んでみよう」と決意していた。

家へ帰ると、早速すずは、寝ている篠吉を叩き起こし、自分の故郷へ行かないかと口を切った。あそこならとりあえず、田んぼも畑もある。食うに困ることはないだろう。でも、このままだと自分達は、いずれ夜逃げしなければならなくなる。あちこちに借金があるうえに、この長屋だって追い出されそうになっているのだからと。

寝ぼけ眼でそんな話を聞かされて、懐疑的だった篠吉も、最後には「お前ぇのおっ母さんが良いというのなら……」と承諾した。

篠吉の了承を得て、すずは、再び実家へ文を出した。今度はこちらの窮状を忌憚《きたん》なく書き記し、良かったらそちらで暮らせないかとしたためた。自分が行きさえすれば、おかかの面倒も見ることが出来ると。せめて、私にも親孝行をさせて欲しいと。そんな風に書いて送った。

年老いた母に頼むのは気が引けたが、もうどこにも頼める所はなく、藁《わら》にも縋る思いだった。


それから一日千秋の思いでいたが、年末近くになってから、ようやく田舎から文が届いた。

仕事から帰ってきたすずが、急ぎ開けてみると、最初に茂吉の太い字で「病気のおかかが姉さのことで心を痛めている。もう心配をかけんでくれ」と書いてあった。

仰天して読み進めると、

「姉さがおら達のために、これまで色々とやってくれたのは本当に有難かった。それはもう、心から感謝する。けれど、おら達にはおら達の、生活ちゅうもんがあるんだ。姉さにこれ以上、掻きまわされたくはない」

「大体、ウチの嫁がおかかの面倒を見とるのに、なして今になって帰ってくるんじゃ。嫁からは、姉さはウチの田畑を奪う気だと言って、帰らせんようにしてくれと言われておるんじゃ。おかかも嫁の世話になっておるのに、何をいまさら、帰ってくるんじゃと困っておる」

「第一、姉さの文は白粉臭くて敵わんと言うて、嫁が嫌うんじゃ。子どもにも差し障りがあると言うてな。だからもう文も寄越さんでくれ。こちらからも、これが最後の便りにするので。

それでは身体に気をつけて江戸で頑張ってください　　茂吉」

とあった。

読み終わると、すずは、力なくその場にくずおれた。幼い頃から、おんぶに抱っこと、可愛がってきた弟からこんな仕打ちを受けるとは……。情けなかった。

まるで気が抜けたように座り込むすずに、後ろから篠吉が「どうした」と声を掛けた。

すずが訳を話すと、篠吉は、「お前の家族は、そんなもんだ。冷たい家族さ。娘を売るくらいだからな」と吐き捨てるように言った。篠吉は端っから、いい返事が来るとは思っていなかったようだ。だが、すずはそう言われるのも辛かった。

けれど、落ち込んでなどいられない。いよいよ年の瀬が近づいていたからだ。大家の弥七からは、連日、家へ押しかけられ、まだかまだかと返済を迫られていた。弥七はすずに、金がないなら、両替商で借りてくればいいと勧めるが、担保のないすずは及び腰だった。すると弥七は、「あんたの身体を担保にすればいいじゃないか」と事も無げに言うのだった。

すずの中には、札差に沈められた梅若や、年を取ってもなお売春をしている住之江のことが思い出された。

手に職のない女は身体を売るしかないのか……。

すずは、もう自分を売ることはしたくなかった。けれど、それならどうすればいいのか……さっぱり分からなかった。

最後の手段で、すずは隣長屋に住むシカに、借金を頼むことにした。

シカには亭主はおらず、丸髷の代わりにちょん髷を結い、冬でも着物の裾を端折って股引を穿き、男のような格好で魚の行商をしていた。

気性のさっぱりした女で、すずの事も色眼鏡で見ずに付き合ってくれた。だから、忙しいシカのために、すずはシカの子どもの面倒をよく見てあげていた。

その息子の昇助も今では、手習いの師匠の下へ通っていた。たまに通りで会っても、そそくさと立ち去るので、一抹の寂しさを感じてはいたが……。

噂によるとシカは子どもの将来に向けて、銭を蓄えているという話だった。

その夜。

「シカさん、いるかい」と、すずはシカの長屋を訪れた。そして、恐縮しながら事情を話した。

前栽売りではなかなか収入が思うに任せぬこと。亭主の篠吉が働けなくなったうえに酒癖が悪く、その酒代がかさんでいること。また、実家の方からも援助が受けられず、この寒空、長屋を追い出されそうになっていることなどを、矢継ぎ早に話した。

すずの話を黙って聞いていたシカだったが、聞き終えると、鼻を一つフンと鳴らした。そして、「ざまぁみろ」とつぶやいた。

「え？」すずは、思わず聞き返した。何か聞き違えをしたのではないかと思ったからだ。

「ざまぁみろ！　だよ、あんたの生き方なんて」今度はすずに聞こえるように、シカは大声で言った。

「なんでぇ、若い頃は、赤い腰巻なんかで、さんざん男をたぶらかしてきたんだろ。そうして何かえ、廓を出てからも、やっぱり男に貢がせて楽に生きてきたんだろう？あたしなんてね、貢がせる男もいなけりゃ、助けてくれる人もいなかったんだよ。逆に子どもを養って生きてきたんだよッ！　何でも一人でやってきたんだよッ！」

シカの剣幕に、すずは茫然となった。

「ざまぁみろ！　今度はあんたが苦しむ番さ。楽して生きてきた罰だ。帰れ、帰れ、あんたに貸す金なぞないわ。得意の男にでも、貢いできてもらいなッって。悔しかったら、自分一人で稼いでみなって。それが女の甲斐性ってもんだよッ！」

「……」

子どもの面倒をあんなに見てやって、仲良しだと思っていたシカから、思いがけず罵られ、気がつくとすずは、シカの家を飛び出していた。最後に見たのは、母親の陰に隠れて、怯えたようにすずを見る昇助の目つきだった。

闇の中を走りながら、すずは涙が止まらなかった。

「なんでぇ、なんでぇ、みんなして、金、金、金、金、言いやがって。そんなに金が大事かよッ！」悔しくて涙が溢れた。

しかし、すずには、シカの言葉が深く胸に突き刺さっていた。その通りだと思った。自分には色を売るしか能がなく、これからどうやって借金を返していけばいいのか、皆目見当もつかなかったからだ。そんな自分がみじめだった。

自分は無力だ――と思った。

子どもの頃から、金に縛られ、廓生活を余儀なくされ、ようやく返し終えたと思ったら、また借金地獄。一体、自分は、いつまでこんな風に、金に苦しめられなければならないのだろう、とそんな風にも考えていた。

いつしか大川の橋の上まで来ていた。夜空には満月が懸かっている。川縁からはシンシンと冷気が立ち上ってくるが、不思議と寒さは感じなかった。ひとしきり川の中を覗いていると、その暗い流れに吸い込まれそうになった。

「死にたい……」すずは、そう思った。

いっそこのまま身を投げようか。そうしたらどんなに楽になることか。

そう思いつつ、水の中を覗いていると、どこからともなく清掻の音が聞こえてきた。そして、その音に合わせて、吉原での思い出の数々が浮かんできた。

胡蝶姐さんの御小姓姿。キリリとして、たおやか。今、その可憐な若武者が大盃を持って豪快にグビグビ飲んでいる。やんや、やんやの大喝采。あれは、相撲取りとの酒くらべの一幕だったわ。禿の私はそれを目を輝かせながら、見つめていたっけ。

胡琴姐さんは賢くて、女将のお吉も一目置いていたっけ。花蝶姐さんは、たくさんのまんじゅうを頬張って……。待って、待って、私にも一つ分けてちょうだいな。可愛かった黒猫に頬ずり。ぎゅうと抱きしめた時の温もり。

ああ、幸せだった子ども時代――。

川の中に楽しかった自分たちの姿が蘇る。やがて、その姿が三味の音とともに、徐々に消えていき——。

「姐さん、姐さん！　胡蝶姐さん」

すずは大声で、大好きだった人の名を呼んだ。

その瞬間、ハッとする。気がつくと、橋の上から身を乗り出し、今にも落っこちそうになっていた。すずの瞳からは、滂沱《ぼうだ》の涙が零《こぼ》れ落ちた。

すると、どこからともなく胡蝶の声が聞こえてきた。

「すず、男なんて当てにならないよ。だけど、自分だけは絶対に自分を裏切らない。だから自分自身を一番大切にするんだよ」

「……」

夜の闇は、轟々《ごうごう》と川音だけを立てていた。

欄干を下りると、すずは小さく溜息をついた。そうして、ぼんやりと満月を見上げた。

すずは思った。もう篠吉にいくら言っても無駄だろう。どうしたって働きはしないだろう。だったら自分がやるしかない。自分が働いて借金を返すしかない、と。

しばらくそうしていたが、やがて、すずはしっかりと前を見据えると、

「あちきを誰だと思ってやがる。吉原大見世金華楼で、呼び出しを張った蝶々だよ！

そして、あちきは、自分一人の裁量で借金を返した女さ。こんな事で負けてたまるか

ッ。そんなに金が欲しいなら、耳を揃えて払ってやるよッ！　きっちりとな！」
そう川面に向かって叫んでいた。

# 第八章　嫁の甲斐性

## 大国屋喜平

翌朝、朝一番に口入れ屋に飛び込んだすずは、なんでもいいから、実入りのいい仕事を紹介してくれと頼んだ。そして紹介されたのが、住み込みで日本橋の両替商、大国屋の隠居の世話をするというものだった。

口入れ屋からは、正月前で誰も引き受け手がいない、あんたがやってくれたら助かるよ、と言われた。

「こんな事、言っちゃゃなんだけど」と店の男は急に小声になった。「この爺さん、なんでもかなりあくどい商売で儲けてきたんだと。しかし、まあ、悪い事は出来ないもんで、急におつむが切れて、今では寝たきりになっちまったそうだよ。もう五年にもなるそうだ」と意味ありげにうなずいた。

すずは、この仕事を二つ返事で引き受けた。だが、本音を言えば、すずには選択肢などなかった。ただ目の前に来た仕事をこなすだけだった。

口入れ屋から前借りした金で、大家へ家賃を払うと、残りは篠吉に渡した。

「これで餅でも買いな」

そうして、身の回りの物だけを持って、すずは家を出た。


大国屋喜平は、元の名を三郎太。大坂、近江と並ぶ三大商人輩出地である伊勢の出身で、同じ村の次男、三男坊らと共に、世話をする大人たちに連れられて、江戸へ奉公にやって来た。その時、齢《よわい》十四歳。勤めはじめた店は、蔵前の札差だった。

もともと村の寺子屋では算盤が得意で、何でも頭の中で計算出来たので、すぐに手代たちから重宝がられるようになった。

店は武家から依頼された禄米を受け取り、換金をするのが主な仕事だったが、のちに、米を担保に武士たちに金を貸す金貸し業となった。

その実入りは、札差だけをしていた時とは桁違いだった。それは、彼らが金を貸す時の金利を、年二割五分と大変な高利を取ったからだ。

一緒に入った十人あまりの仲間たちは、年を追うごとに、病気で国元へ帰されたり、逃亡したり、中には亡くなる者まで出てきて、いつの間にか、自分一人だけが残っていた。店の掟《おきて》も厳しくて、続く者がいなかったというのもあるだろう。

しかし、喜平の場合は、この札差という仕事が面白くてたまらなかった。数字というのは決して人を裏切らない。たとえ魚一匹といえども、仕入れによって、一口いくらになるのかが決まった。それなら今日の晩飯の鯛の塩焼きは、銀一匁《もんめ》か。やれ、ありがたや。今日は銀を食《は》んでやったわ、などと思う。そして、どう倹約すれば金が貯まるのかを考えた。そんなこんなが楽しくて、店の無駄な点などを帳面に書き付けておいた。

その喜平の様子を、不思議に思った店の主人から、ある日、何を付けているのかと聞かれ、「へぇ、恐れながら」と帳面を差し出した。そこには、下駄の歯を減らさぬために、小僧を走らせないとか、食事には生魚を止め干物を出すやら、座敷の庭木は何も生み出さないため、実のなるものに即刻取り替えること、などという記述が並んでいた。

それを読み、「うーむ」とうなった主は、喜平をすぐに一人娘の婿として迎えることに決めた。大国屋を継いだ喜平は、家人にも奉公人にも倹約を奨励した。娘が生まれても、庭には花も植えなかった。花など植えると恋心が芽生え、親の言う事を聞かなくなるというのがその理由だった。もちろん振袖なども作らせない。布地が無駄になるからだった。次に生まれた息子には玩具の代わりに、算盤を与えた。立派な商売人になってもらいたいがためだったが、喜平の〝勿体ない〟は公私ともに徹底していた。

米の荷下ろしのために、雇う人足代が勿体ないと奉公人は、身体の丈夫な力の強い者だけを雇った。お陰で大国屋の雇人は、大男ばかりになり、店に入る客は皆圧倒された。

面白いように自分の考えが当たるので、喜平は数字を追いかけるのに夢中になった。いつしか店は押しも押されもせぬ大店となり、大国屋と言えば本町通りではその存在を知らぬ者がいないほどであった。

喜平は他の店では扱わない、小禄な武士からも米以外の担保で金を貸し出した。時にはそれが行き過ぎて、〝妻〟や〝娘〟になる場合もあった。その頃からどこかで喜平は箍《たが》が外れてしまったのかもしれない。そうやって、あざとく儲け、吝嗇《りんしょく》に徹した結果、先代の代では成し得なかったほどの財を、一代で成し遂げることが出来た。

しかし、危機がなかったわけでもなかった。

寛政元年には、当時、札差から借金をする武士があまりに膨大になり過ぎたため、彼らを救済する措置として、幕府は棄捐《きえん》令を出す。これはいわば、借金棒引き令であり、天明四年以前の借り入れはすべて無効とし、それ以後のものは利子を三分の一に引き下げるというものであった。

当然、札差連中は撤回を求めたが、幕府からは拒否され、この時の札差の損害額は、約百二十万両にも上ったという。

その時、大国屋も大損を被ったが、まだ若かった喜平は「なにをこしゃくな！」と義父とも相談し、幕府への対抗措置として、武士への新規貸付を断ることにした。しかし、金を借りなければ生活出来ない武士が大勢いたため、結局、元の木阿弥となり、大国屋は再び順調に商売を盛り返していった。こうして長年、札差として安泰だったのが、天保の世になると、今度は水野忠邦による改革がはじまった。

またしても札差への「無利子年賦令」が発令されると、この時の衝撃は凄まじく、たくさんの同業者が廃業に追い込まれた。

喜平はこれを聞いた時に、「おのれ、水野めーッ!!」と真っ赤な顔をして怒天髪をついたと言うが、次の瞬間、倒れ込み、以来寝たきりとなってしまった。

今では、店は息子の伊平が後を継ぎ、両替商に鞍替えしていた。幕府頼みの札差は、つまるところ幕府によって翻弄されるのが定めであった。


口入れ屋から、〝喜平〟と言われてもピンとこなかったけれど、大国屋の隠居所に案内されたすずは、その顔を見てすぐに「あっ！」と思った。それは、かつて血も涙もない〝鬼平〟と呼ばれた男。そして、すずの妹女郎、梅若を死に追いやった、憎っくき〝赤鬼〟だったのだ。

その鬼平が今や指一本動かせずに、目はうつろ、口からはよだれを垂らしながら、情けない状態で横たわっている。すずは驚きを隠せなかった。

あれほど人から恐れられた鬼平の末路が、このような姿とは……⁉

おまけに、その痩せ細った身体からは、鼻をつくような臭いがした。

「これは一体、何の臭いだろう？」とすずは不審に思った。

すずの仕事は、喜平の食事の世話から、下の世話をすることだった。家族はこの奥まった隠居所には滅多に訪れることはない。賄いは下女が三食持ってくることになっていた。洗濯も出しておけばしてもらえるとのことだった。そして、月に一度は家にも帰れるという。大して難しそうな仕事ではなかった。

早速、すずは、隠居所の一室を貰い、そこで寝泊まりすることになった。

しかし、翌日、それが甘かったことを思い知る。

「おはようございます」

朝起きると、すずは、声を掛けながら喜平の部屋の襖を開けた。

うっ！

やはり、部屋の中は異様な臭いに包まれていた。鼻を押さえながら、すぐに縁側の戸を開けた。冷たい空気が入って来て、隠居所の空気を一掃していった。

一息つくと、すずは、この臭いの元が何なのかを探ることにした。

しかし喜平は、傍から見てもそれほど薄汚れた感じはしなかった。むしろ清潔そうな布団に寝かされている。当初、すずが考えた、身体を拭いてもらっていない、という訳ではなさそうだ。その時、すずの脳裏に蘇ったのは、亡くなったおばばのことだった。

子どもの頃、寝付くようになったおばばからも、こんな臭いがしていたっけ。それでよくおかかが、「おばばをごろん、ごろん、してやんな」と言ってたっけな。

はっと気づいて、すずは、喜平の身体を布団ごと丸めると、ごろりと押し出した。そして、床を見て驚いた。敷布団の下からは、人形《ひとがた》に切り取られたように、真っ黒になった畳が現れたからだ。慌てて、喜平の身体を調べてみると、首、肘、背中、尻などの肉がぱっくりと、えぐれたように口を開いて膿《う》んでいた。ところどころに虱《しらみ》もたかっている。悲鳴を上げそうになるのを、すずは慌てて口を押さえた。

すぐに医者が呼ばれた。

医者が言うには、同じ姿勢のまま寝かされていたので、床ずれが出来てしまったのだと言う。日に何度も体位を変え、清潔にして薬を塗ることと言われた。

廊下では、ヒソヒソとこちらを見ながら話す、伊平の妻、お葉《よう》と下女の姿があった。

お葉は眉をひそめながら、こちらを見ていた。それがあたかも「余計なことをするな」とでも言っているように、すずには感じられた。

初めから、ケチがついたような形になってしまったが、それからのすずの日常は至って平穏だった。

朝起きると、部屋の空気を入れ替えながら、喜平の下の世話から一日がはじまる。その後、食事を摂らせるのだが、壁を背にして重たい身体を起こしてやると、ろくすっぽ口も開かない喜平に、少しずつ重湯を流し込んでいった。それは根気のいる仕事で、あっという間に一刻は経ってしまう。

それが終わると湯を沸かし、身体を拭いていく。傷口には薬を塗り込んだ。薄くなった白髪頭も梳いて、綺麗に整えてやり、最後には清潔な寝巻を着せてやった。

赤ら顔で逞《たくま》しかった顔も、今では脂っ気の抜けた青白い顔になっていた。身体を拭くと、左手の掌に刃物の深い傷痕が見えた。梅若に刺されそうになった時、とっさに受け止めた刀傷だった。

「だーいーこーくーやーッ！」

ふいに梅若の叫ぶ声が聞こえてきた。

「……」

すずは複雑な気持ちになった。

こんなろくでもない男が生き延びて、うら若き梅若が死ななければならないなんて……。なんだかやるせなかった。なので、

「ちきしょう、ちきしょう」

と、拭く手にもつい力が入ってしまうのが、自分でもどうしようもなかった。

最初は家族に邪険にされ、床ずれだらけになった喜平に同情しないでもなかったが、やがて傷が癒えてくると、離れには滅多に人も訪れない事をいいことに、すずは、喜平をぞんざいに扱うようになった。

それが日に日に増してきて、いつしかすずは動かぬ喜平を相手に、どこにも持って行き場のない怒りをぶつけはじめた。

「おはよう、朝が来たよ。ま、お前みたいな死にぞこない、夜が明けようが、明けまいが、関係ないか。どのみち地獄にいるのだから」と憎まれ口を利き、下の物を取り換える時には、わざと前をはだけ、下穿きまで外して裸にし、縁側の陽に晒《さら》した。

そして、すずは、その前に仁王立ちになると、

「ふん、ざまあみやがれ！　恥ずかしいか、ええ？　これでお前はどれだけの女を泣かしてきたんだい？」そう言って縮こまっているものを、棒で突いて動かしたりした。

「え、どうした、お前のコレは、今では何の役にも立たねえか。まあ、悪い事は出来

ないもんさね。お前みたいな外道には、ちゃんとお天道様が見ていて、罰を与えてくれるのさ」などと吐き捨てた。

また、予想以上に汚物まみれの時には、

「こんなに汚しやがって、悪い尻だ！　悪い尻だ！」と罵りながら、ぴしゃぴしゃと尻を叩くこともあった。

食事時には、口を引き結び開けない喜平に、手を焼いたすずが、思わずカッとなり、鼻を塞いだこともあった。

「うっ、うっ」

息が出来ずに喜平が口を開けたところへ、さっと粥を注ぎ込む。むせ返る喜平。しかし、すずは背中を強く叩きながら、「しっかり食べなッ！　しっかり！」とさらに無理やり押し込んだ。

ごほごほ言いながら、苦しむ喜平の姿に、すずは一片の同情もなく、うっすら笑みさえ浮かべているのだった。

人の見ていないのをこれ幸いと、思う存分、喜平をいたぶっていたすずだが、そのうち虚しくなってきた。やればやるほど、自分が惨めになる気がした。そんな事をしても、一向にすずの気持ちは晴れなかった。

「ねぇ、何とか言いなよ、鬼平。お前さん、こんなにされても悔しくないのかい」

ある日、喋らない喜平に向かって、すずはそう詰め寄った。けれど、喜平は聞いているのか、いないのか、その表情からは何も読み取れない。答えのない喜平に、すずは力なく座り込むと、「あはは」と笑った。

あはは、あはは。

虚ろに聞こえるその声は、いつしか半泣き笑いになってしまうのだ。

そんな状態がしばらく続いた後、すずは、憑き物が落ちたようにすっきりした。そうして、自然と喜平に優しく接するようになった。

はじめは喜平に対し、いくばくかの警戒心も持ってはいたが、どうしたって喜平の意識が戻ることはないと知ると、安心して話しかけるようになっていた。

話題は、その日あった出来事から身の回りの事、寒々とした冬の中庭の様子など、何でもよかった。すずは、他愛のない事を日がな一日、飽くことなく喜平相手に喋りまくった。

年寄りの世話以外、特にやることもないすずは、ここでも貸本屋を呼んで、読書三昧の日々を送っていた。喜平を壁に寄り掛からせると、その横で寝そべっては戯作を読みあさる。時に声を出して笑い、「ねえ、旦那、ここ面白いよ」と喜平に読んで聞かせるのだ。

そして、毎日、動かぬ喜平の身体を揉んだりさすったりして、温めてやった。今では左手の傷も気にならなくなった。そこを優しく撫でながら、この手でたくさん働いてきたのだと思った。最近ではこの手を、父親のようにも感じていた。父の繁三もこのような大きくて分厚い手をしていた。一年中、鍬《くわ》や鋤《すき》を持つ掌は硬くごつごつして、頬っぺたを触られると痛かった。

雪の積もる中庭を眺めながら、ひとり静かに、すずはそんな思い出に耽《ふけ》っているのであった。

どうしたことか、大国屋の中庭には実のなる木しか植えていなかった。梨や柿、桃に栗などが、見栄えも考えずにそこここに突っ立っている。その中に一本、紅梅だけが申し訳なさそうにヒョロヒョロと枝を伸ばし、降りしきる雪にも負けず、小さな赤い花を咲かせていた。

そうやって、しんしんと降る雪を見つめていると、すずの心の中に、どうしても湧き起こるある思いがあった。

「どうして、おとと、迎えに来なかった！　あんなに約束したのに！　必ず来ると言ったのに……」

そう言って、すずは、拳で畳を叩きはじめた。

村を出る時、裏庭の杉の木の下で、父は言ったのだ。「必ず迎えに来る」と。指切りまでして！　それなのに……。

「おかかの嘘つき！　結局、すずを捨てたんだね」

怒りの矛先は、今度は母に向かっていた。迎えに行くと言いながら、そのうち金の無心ばかり……。最後には帰って来るなと言い放った母。弟や妹に遠慮して、帰ってもお前の居場所なぞないよと。

すずの目から涙が溢れてきた。

「あたしはみんなのために、一所懸命やったのに。ずっと、辛かったのに。それでも我慢してきたのに。あんたらの仕打ちがこれかい！」

ぼたぼたと大粒の涙が落ちていき、畳に大きなシミを作っていく。やがて拳を打ちつけていた手が、力なく下ろされると、すずは、嗚咽を上げながら床に突っ伏した。傍らに寝ている喜平は、知ってか知らずか、軽い寝息を立てるだけ。鉄瓶からは湯気が一筋立ち上り、辺りは物音一つしなかった。

完全なる静寂。

顔色一つ動かさず、すずの懊悩を、さっきから喜平は黙って聞いていた。何も言わずに、ただ黙って受け止めてくれていた。

「……」

しばらくすると、すずは涙を拭いて顔を上げた。そして、泣き疲れた赤い目で空を見上げた。

ふぅ……。

全身から力が抜けた。

それは初めてすずが手に入れた、安らかな暮らしだったのかもしれない。吉原での二十年にも及ぶ苦界生活。所帯を持ってからも、他人の目を気にする窮屈な日々。そして今も、やっぱり借金に苦しめられている。

すずは、横目で喜平を眺めた。

喜平からの返事はもちろんないが、誰かに聞いてもらっているというだけで、すずの気持ちはずいぶん慰められていた。

読書に飽きた時は、壁に掛けてある三味を取り出しては爪弾いてみる。すずは禿時代、あまり身を入れて稽古に打ち込んでこなかったため、どちらかと言うと三味は苦手な方だが、昔を懐かしんで弾いてみた。清掻を威勢よく掻き鳴らすと、新造時代に戻ったような気がした。

「ほら、旦那、清掻だよ。懐かしいだろう？　昔を思い出しておくれ！」

するとその音を聞きつけて、パタパタと小さな足音が聞こえてきた。やがてその音が襖の前でピタリと止むと、そっと開けられた。覗いているのは、四つの眼。喜平の孫で今年七歳になる富蔵《とみぞう》と、五歳のみやびだった。みやびはお人形を抱いている。

二人を見ると、すずは笑顔になり、つい大声になった。

「喜平さん、お支度うー。小さなお客様が参りましたよーッ」

その声を聞くと、子どもたちはびっくりして、バタバタと逃げ帰った。それを見て、すずは、また楽しそうに笑うのだった。

しかし、それ以降二人は、喜平の部屋へ度々遊びに来るようになった。そして、寝ている喜平の側にちょこんと座ると、「おじじ様」と言いながら、身体を揺すったり、撫でたりした。

すずは、二人が来ると貸本の「八犬伝」を読んでやった。二人ともすずの迫真の演技に大喜び。「それから？」「ねぇ、どうなるの」とわくわくしながら、すずの膝に乗り、せがんだ。

「富蔵！　みやび！」

突然、鋭い声がして、襖が勢いよく開かれると、お葉が怖い顔で立っていた。

「何度言ったら分かるのッ！　おじい様はご病気なのよ。あれほど行ってはいけないと言っているのに！」

そう言って、子どもたちを追い立てるようにして出て行くと、ちらりとすずと喜平の方を見やった。そのお葉の目つき。それが、まるで汚いものでも見るかのようで――。

一瞬ですずは、すべてを理解した。

なぜこの隠居所には誰も訪れないのか。〝おじい様は病人だから〟というのは建前で、本音は廃人同然の喜平を、子どもらに見せたくなかったのだろう。そして、それを世話するすずまでもが、何か卑しい職業に就いているかのようだった。

大体、お葉は、寝たきりとは言え、男女が同じ部屋にいること自体、何か淫靡なものとして捉えている節があった。目の端にそういった侮蔑の色を感じとったすずは、

「ふ、ふーんだ」と鼻白んだ。

「別にあたしらは汚いものではないわよ！　ただの病人さね。誰だって年を取るのに、年寄りの何がいけないのさッ、ねぇ？」

そう言ってすずは、喜平に同意を求めるのだった。

だが、しばらくすると、富蔵とみやびは二人揃って正式に、隠居所を訪れるようになった。息子の伊平が、かねがね、子ども達に何か習い事をさせたいと考えていて、すずが三味が出来ると知ると、喜んで二人を隠居所へ送り込んだからだ。

お葉が苦々しい顔をしたのは、言うまでもない。

もちろん、すずに異論があろう筈もなかった。むしろ喜平の世話だけでは、暇を持て余していたので、ちょうどよかった。また、孫たちが来て賑やかになる方が、喜平にとっては刺激になるだろうとも考えていた。

そんな訳で、大国屋の隠居所からは、たどたどしい三味の音が聞こえてくるようになった。


やがて、中庭に積もった雪が解ける頃。

いつもの様に喜平の曲がった背中を揉みながら、

「旦那、今朝はなんだか、日差しがとっても柔らかですよ。もう春ですかね」などとすずが話し掛けていると、喜平の目が突如、ギロリと動いた。そして、わずかに顔を動かして、「だ……れ……だ」と低く唸ると、鋭く睨みつけた。

それを見て、すずは心臓が止まりそうになった。

その眼力は、昔、吉原で一度だけ見た、〝赤鬼〟の非情な目つきそのものだった。その目で見られると、さすがのすずも凍りつき、背中にゾクゾクと肌寒いものを感じた。しばし口も利けずに固まっていると、喜平はかすれ声を絞り出すようにして言った。

「お前ぇは……どっかで……見た顔だな」そうして、すずをじっと見ているが、やが

て、その目がキラリと光って、
「女郎衆が……ここで、何をしている……。まあだ……男の股ぐら、世話してんのか」と毒づいた。

そこにいたのは、まさしく過去、〝鬼平〟と呼ばれた男であった。

喜平の意識が戻ると、家中大騒ぎになった。すぐさま、医者が呼ばれたが、掛けつけた医者は喜平の顔を見るなり、「奇跡だ……！」とだけ発して、腰を抜かさんばかりに驚いていた。それを聞くと、隠居所に集まっていた家の者はもちろん、使用人に至るまで、皆歓声を上げた。だが、喜ぶ一方で、困惑も隠せなかった。喜平はこのまま寝たきりで、亡くなるものと思われていたからだ。息子の伊平からは、手を取らんばかりに感謝されたが、嫁のお葉からは、すずは、始終冷たい視線を投げかけられた。

お葉としては、口うるさい舅《しゅうと》が、このまま永久に寝たままでいてくれた方が良かったのだろう。すずは最初に見た、床ずれだらけの喜平の姿を思い出していた。

喜平の世話が一段落ついたので、すずは久しぶりに家へ戻った。

長屋へ帰って、篠吉にその事を話すと、「ふーん」と言ったっきり、そっぽを向いてしまった。篠吉にとって、すずの話など何の興味もなさそうだった。ろくすっぽ聞かずに、敷きっぱなしの布団の上へ寝そべりながら、徳利から酒を注いでいる。その目はとっくに赤くなり、出来上がっていた。女房が居ようが居まいが、篠吉の日常は変わらないようだった。

すずは溜息をつくと、周りを見回した。流しには洗い物が突っ込まれ、洗濯物も溜まっている。掃除はいつしたのか、布団に沿って埃が積もっていた。

やれやれと立ち上がると、すずは洗い物を片付けにいった。


意識が戻ったとはいえ、すぐに喜平の身体が動くということはなかった。

それでも、すずとの間に少しずつ、会話が成り立つようになり、記憶の断片が蘇りはじめた。

もちろんすずは、梅若の件は伏せておいたが、やがて喜平は、「お前ぇは、あの時の……」と吉原で襲われた時に、妹女郎をかばって、自分を睨み付けた女の事を思い出した。それから記憶を探るようにしていたが、とうとう「梅若は……どうした」と聞いて来た。

「どこかの……侍にでも……落籍れたか」

しばらく言い淀んでいたすずだが、隠してもおけないと思い、意を決して言った。

「梅若はあの後、河岸に鞍替えになり、首を吊りました」

その場が急にシンとなった。まるで時が止まってしまったかのようだった。

ひとしきり沈黙が流れた後、

「それは……すまねえことを……した」

しわがれ声でポツリと、喜平が詫《わ》びの言葉を口にした。

すずは何か言おうとした。何か言おうと口をパクパクさせたのだが、言葉が出てこなかった。打ちひしがれた喜平の様子を見ると、何も言えなかった。

涙を堪えて、すずは視線を中庭の方へ移した。

庭では、今年一番の鶯《うぐいす》が梅の木に止まっていた。鶯は、せわしなく顔を動かしていたが、そのうち空へ向かって透き通るような声で一声啼いた。

ホーホケキョ。

それを聞きながら、「ああ、春はもうじきなんだなぁ」とすずはそんな事を考えていた。


元気になるにつれ、喜平の口の悪さも激しくなっていった。

「イテテテッ、この腐れ女郎が！　給金に見合った分、もっと丁寧に出来ねぇのか」と少し力加減を間違えただけで怒鳴られ、すずも負けじと「ケッ、このくたばりぞこないの金の亡者が！　優しくして欲しけりゃ、もっと出しやがれ」などと悪態をつき、傍目から見ると、二人はいつも喧嘩しているようにも見えるのだ。

時にすずは、喜平の求めに応じて、富蔵やみやびと一緒に三味や踊りを披露した。孫たちが来ると、普段むっつりしている喜平も喜んで、棚に取っておいた菓子や果物を与えた。大国屋の離れには、そんな和やかな空気が流れはじめた。

喜平は右手が少しずつ動くようになり、食事も自分で摂れるようになっていった。ただし、腰から下は相変わらず動かず、すずの助けが必要だった。

ある日、喜平は、甲斐甲斐しく世話をするすずに、何故こんな仕事をしているのだと尋ねた。ちょっとの間、考えていたすずは、「亭主が働けなくなり、借金が出来たんで」と正直に話した。

しばらく考え込んでいた喜平だったが、「わしは、周りからは、ただの役立たずの年寄りにしか見えんだろうが、痩せても枯れても、この大国屋。以前はみんなから〝鬼平〟と恐れられた男だ」と口を開いた。

「本当はこんな事、誰にも教えたくねえんだが、お前には世話になったから、特別に教えてやるよ」と金儲けの方法を伝授すると言う。

「はい、はい」と、すずが話半分で聞いていると、喜平は明日の朝、奉行所の触れ書きを見に行って、そこに書いてある物をすべて書き写してこいと命じた。

翌朝、半信半疑のすずが、奉行所へ行くと、高札場の前に人だかりがして、なにやら熱心に見ているではないか。すずが、人を掻き分け前へ出ると、そこには何軒かの住いの番地と見取り図、金額などが書かれてあった。訳が分からずに、それらを書き写して屋敷へ戻ると、喜平はザッと目を通して、「井戸がねえ」「厠がねえ」「この家は、そばに堀があるから、根太が腐りやすい。ダメだ！」と何枚かを放り投げた。そして最後に、「うむ、これをすぐに入札してこい」と指差した。

それは、金が払えず抵当として奉行所が召し上げた家で、

「この家は下谷長者町にある。あそこら一帯は武家屋敷があって治安がいいから、家族持ちなら、喉から手が出るほど欲しがるだろう」と言うのだ。

喜平はすずに、差押えられた物件のうち、優良な物を安く手に入れて、売ればいいと教えた。

「で、でも、あたしにゃ、そんな金は到底用意出来ませんよ」

突然の事に、すずが尻込みしていると、喜平は元手は貸してやるから、その分の利ざやを払えばいいと言う。

「利息はいくらですかい」

「一割五分だ。言っとくが、これはお前さんだから、破格に安くしてやっているんだぞ」

「で、でも、あたしには、担保に差し出す物がありませんって！」

慌ててすずが言うと、喜平はすずを一瞥して、「お前でいい」とつぶやいた。

「えっ⁉」すずが思わず胸元を隠すと、

「馬鹿たれ！　もし金が払えなければ、お前がわしの面倒を、一生見ろということだ」と鼻で笑った。

すずはそれを聞いて安心した。けれど、本当に喜平の言った通りに、上手くいくのだろうか。すると喜平は、

「すずよ、お前は若い頃、廓でさんざん弄ばれ、なのに、今はろくに飯も食えねぇんだろう？　情けねえ、一度は大金を手にしてみたいとは思わねぇのか。金に使われるのではなく、金を使ってやりてぇとは思わねぇのか！」と叱り飛ばした。

「――⁉」

「いいか。同じ物を入札してくる奴の足元を見て、相手より、少しだけ上乗せした金額を書くんだぞ」

「……」

「急げ！　誰かに入札される前に！」

すずは、コクンとうなずくと、すぐに長屋へ戻り、寝ている篠吉を叩き起こした。

そして、まだ二日酔いで、頭の回らない篠吉の腕を引っ張りながら、奉行所へと向かった。

奉行所に着くと、すでにたくさんの人が集まっていた。周りは両替商の番頭だったり、地回りの若衆だったりする。皆、自分たちよりも相場をよく知っているように見えた。

　すずの脳裏に喜平の言葉が蘇った。「この物件なら、百三十五両だ。それ以上は出せん！」

　ゴクリ。すずは唾を呑み込んだ。そして、おそるおそる〝百三十五〟と紙に書くと、周りを見渡し、〝一〟と付け加えた。そうして、書き終えると、すずは役人にその紙と手付金二十両を渡した。そんな大金持ったことがなく、喜平からこの金を借りる時には、その重みに指が震えたくらいだった。

　昼過ぎに役人が出てきて、太鼓を一つ叩いた。下谷長者町の番地が読み上げられると、「百三十五両一文。富田町十軒長屋　篠吉、すず」と言った。

　おおっと周りがどよめいた。二人は並み居る入札者の中で、一番の高値を付けて落札したのだ。すずは緊張の糸がほぐれて、ホッとした。

「旦那、やりましたよッ！」

　喜び勇んで帰って来たすずに、喜平は顔色一つ変えず、「次はこれを、すぐに百七十両で売りに出せ」と指示を出した。

　喜平の言葉に、すずは力強くうなずいた。

早速、買った家に売家の看板を出した。そんなに体よく売れるものかと内心冷や冷やだったが、予想に反してすぐに買い手が現れた。言い値で売れた時、すずと篠吉は抱き合って喜んだものだ。

「旦那、ありがとう！　売れましたよッ！」

興奮しながら、すずが報告すると、喜平はそうか、そうかと、にこにこ顔になり、右手をゆっくり差し出した。

「元手百三十五両と利息分合わせて、締めて百三十六両二分四朱。毎度あり」

こうなれば篠吉も、不貞腐れてばかりはいられなかった。苦手だった読み書き、算盤を習うべく、近所の子ども等と一緒に、手習いの師匠の下へ通いはじめた。そんな活き活きとした亭主を見るのは久しぶりで、すずも嬉しくなった。

すずと篠吉は、喜平の指南通りに、次々と競売物件を買い入れては、転売を繰り返した。そして、半年も経たないうちに、二人は借金をすべて返し終えたうえに、幾ばくかの財産も築き上げていた。

夏のある日。

大国屋の隠居所の中庭からは、軽快に鋸《のこ》を引く音が聞こえてきた。篠吉が来て、久しぶりに大工の腕を振るっていた。周りには富蔵やみやびがしゃがみ込み、興味津々で見つめている。座敷には、喜平とすずがいてその様子を見守っていた。

数日後、出来上がったのは、大八車に背もたれを取り付けた物。そこへ喜平を座らせると、人足に引いてもらいながら、近くのお寺まで参拝した。大八車の後ろには、富蔵とみやびを乗せ、すずと杖を突いた篠吉が、その後を付いていった。行きかう人々は、人を乗せた大八車が珍しいのか、皆振り返って見ている。その様子を見るにつけ、なんだかすずは誇らしい気持ちになるのだった。

参拝が終わると、帰りにみんなで団子を食べた。茶屋へ寄ると普段は口がへの字に曲がった喜平も、この時ばかりは、笑っているように見えた。

## 再会

秋になった。

いつもの様に入札へと出向いたすずは、帰り道、人気のない夜道で暴漢に襲われてしまった。

その日は朝から曇り空。いつ雨が降ってもおかしくはない空模様だったが、日が暮れると本格的に降りはじめた。

当時のすずは、世間をなめ切っていたのかもしれない。喜平に教えられた通り、お上によって差押えられた物件を落札しては転売する。そんな商売が面白いように当たり、少々天狗《てんぐ》になっていたのかもしれなかった。

だが、よく考えてみれば、そこにはそれを生業《なりわい》として生きる、商売人たちもいただろうし、自分たちのような素人が、短期間に利益を上げるのを、よく思わない輩もいただろう。「私は目立ち過ぎたのかもしれない」後になり、すずは大いに反省したものだ。

いつもなら、篠吉と一緒に行く奉行所へ、その日は一人で向かった。何度も経験しているので、一人でも大丈夫だと思ったからだ。

入札に参加するには、役所が提示した金額の二割を先に納めなければならない。そして自分のものになると、残金を支払う仕組みになっていた。なので、どうしても、入札時にはまとまった金を持ち歩かなければならなかった。特にその日は値が張る屋敷だったので、手付も多めに持って行った。そんな無防備な姿を、誰かに狙われたのかもしれなかった。

だが、結局は落札出来ずに、仕方なくすずは、資金を持ち帰ることにした。

奉行所を出る頃には、すでに辺りは暗くなり、通りには人影もまばらだった。そのうち雨が激しく降り出してきたので、すずは慌てて大名屋敷の前を通り抜け、鍛冶橋へと出た。そして、橋を渡ろうとしたその時だった。

後ろからバラバラと数人の足音が聞こえたかと思うと、いきなり背中を突き飛ばされた。

ビシャン！

すずは地面に叩きつけられた。水しぶきが顔にかかった。

立ち所に周りを男たちに取り囲まれ、ニュウと何本もの手が伸びてきて、すずは金の包みを奪われそうになった。「いや」「やめて」と言いつつ、すずは泥だらけになりながら、決して金の包みを放さなかった。

業を煮やした男たちは、今度は殴る蹴るの狼藉を働きはじめた。

「助けて、誰か、お願い……」すずは祈るような思いで、小さく身を屈《こご》めていた。その時、

「おい、お前ら何をしているッ！」

突然、声がした。いつの間にか、通りかかった夜鳴きそば屋がこちらを見ていた。

その声を聞くなり、盗人たちは蜘蛛《くも》の子を散らすように逃げて行った。そば屋は泥水の中に倒れているすずを見ると、慌てて駆け寄った。

「あんた、大丈夫か」

そう言って男が、すずの顔を覗き込んだ、次の瞬間、

「蝶々姐さん！」と声を上げた。

すずが薄目を開けると、もじゃもじゃの前髪を、後ろに束ねただけの若い男がそこにいた。

「あ……」

その顔には見覚えがあった。それは遣手婆の孫で、泣き虫金太だった。その金太が今では上背も伸び、すっかり大人びた顔つきとなって、心配そうにすずを見つめていた。それを見ると安心したのか、すずはそのまま気を失った。


くぐもった雨の音が聞こえた。

暗闇の中、目を覚ますと、それが屋根に当たる音だと気がついた。

「つ……」

意識が戻ると全身が痛んだ。盗人たちに相当痛めつけられたようだった。

「気がついたかい、姐さん」

頭上から男の声がした。

一瞬、誰だか分からなかったが、その声には聞き覚えがあった。すずが記憶を辿っていくと、懐かしい顔にいきついた。

「金公、お前が助けてくれたのかい」漆黒に向かって尋ねると、

「そうだよ。おいらがいなかったら、姐さん今頃、あの世逝きだよ」そう言って、金太が笑った。すずもフフと笑うが、すぐに、

「いたたた……」と悲鳴を上げた。

そして、身体を触って仰天した。自分が一糸まとわぬ姿で、布団に寝かされているのに気がついたからだ。動転して身を起こそうとするが、どこぞを骨折でもしているのか、痛くて起き上がれない。

「無理しないで」と慌てて金太が言った。「俺、見てないから」

金太はそう言うが、何故だかすずには、金太の顔が上気したように感じられた。

静かに雨の音だけがしていた。

金太は怪我をして、意識を失ったすずを、自らの長屋へ運んできた。びしょ濡れの着物を脱がし、血をぬぐい、湯を沸かして、ちょうどすずの全身を拭いていたところだった。はじめのうちは、いくら幼い頃より知っているとは言え、金太に見られるのは身の縮む思いだったが、そのうちに、暗がりの中を手探りで、自分の身体にそっと触れる金太に、安心して身を任せていた。

やがて、拭き終わり、金太の着物を着せてもらうと、ぼんやりと灯りが点された。

「少し持ち上げるよ」と言われ、痛む腕を金太が持ち上げると、ゴリと大きな音が鳴り、すずは「あっ!」と叫ぶが、一瞬で肩が入った。

「外れていたんだよ。おいらも前にやったことがあるから、分かるんだ」

そう言いつつ、白い布で首から腕を吊ってくれた。

「ありがとう」すずは礼を言った。

ようやく人心地ついたすずは、自分の身体を見回した。あちこちに擦り傷が出来て、痛々しかったが、大した怪我はなさそうだった。濡れた髪はほどかれ、肩に掛かっている。

「……」

それに気づくと、すずは無意識に髪を撫でつけた。昔馴染みとは言え、今は成人して、一人前の男になった金太に、みっともない姿を見られたくはなかったからだ。

「あ⁉」

ふいに気づいて、「あたしの包みは？」と金太に聞いた。金太は黙って、包みを差し出した。

「これですかい」

「ああ、それ、それ」とすずは、包みを大事そうに抱き寄せた。命よりも大切な金だった。これを失くせば、篠吉にどんな叱責を受けるか分からなかった。

そんなすずの様子を見ていた金太が、ボソリとつぶやいた。

「そんなに金が大事ですかい」

「え？」驚いて、すずが顔を上げると、金太が真っ直ぐにこちらを見つめていた。その目はなんだかすべてを見透かしているようで、すずは、急に後ろめたい気持ちになるのだった。

次第に目が慣れてくると、金太の家の壁には、描きかけの絵がいっぱい貼られていた。そこにはかつての、吉原の花魁たちの姿が活き活きと写し出されていた。

「へえ……」すずが感心しながら見ていくと、一枚の絵の前で視線が止まった。

「これ、私？」と聞くと、「うん」金太は、はにかみながら答えた。

「良く描けているね。なんだか私じゃないみたい」

そこには正装したすずが、花魁道中をしている姿が描かれていた。その晴れ姿は、とても凜としていて、何事にも動じないといった風だった。まるでこの世の穢れなど、あちきが一掃してやるといった、強い自負心までもが感じられた。その絵を見ているうちに、どうしたことかすずの瞳から、ツーと涙が一筋こぼれてきた。

「……！」

そのことに、すずは戸惑った。けれど、涙は後から後から流れ落ち、すずは金太に気づかれぬよう、そっとぬぐうのだった。

現在、金太は、絵の師匠、三京斎の下で修業をしながら、夜鳴きそば屋として生活をしていると話した。しばし会話が途切れると、すずは、金太の絵を熱心に見つめはじめた。行灯の明かりに照らされて、二人の影が青白い障子に映えた。

金太は、思い切ったように、すずの背に声を掛けた。

「姐さん」

「ん？」

「俺は姐さんの事が好きでした」

突然の言葉に、すずは息が止まりそうになった。

「——!?」

「子どもの頃、俺が苛められて泣いていた時、姐さん『八犬伝』の話をしてくれたでしょう。俺はあん時から……」

そう言って、すずを後ろから抱きしめようとする。

障子の影が重なった。ジジジと灯心が鳴った。

ちょっとの間があり、

「馬鹿言っちゃいけないよ」すずはやんわりと身を躱《か》わした。

「お前さんは将来のある身だ。こんな年増に関わり合っちゃいけないよ」

そう言いながら、金太から目をそらした。

そうして、痛む身体を引きずりつつ、すずは黙って部屋から出て行った。最後に一言礼を言って。

「助けてくれて、ありがとよ」


月明かりの夜道。

すでに雨は上がっていた。

逃げるようにして金太の家を出てきたすずは、「まさか、金太が、まさか……」とさっきから胸の震えが止まらなかった。

「あんな子どもが……」と思っていたが、金太は、いつの間にか、逞しく、しなやかな若者となっていた。すずは、先ほど抱かれた腕の温もりを思い返していた。一途で、ひたむきで……、何より熱かった。もし触れたのなら、火傷していただろう。金太は強引だった。有無を言わさぬ力強さがあった。そして、すずだけを見つめていた。

「……」

その瞳の奥に映る純粋無垢な魂に心奪われ、すずは、自分でもどうしようもなく、金太に惹かれていくのを、押えることが出来ないでいた。

家へ戻ると、篠吉は驚いて、「どうしたんだい、その怪我は」と言った。

すずは、篠吉に訳を話した。奉行所の帰り道に、暴漢に襲われたこと。その時、通りがかった夜鳴きそば屋に助けてもらい、事なきを得たこと。その人に着物を借りて帰って来たこと、などを話した。しかし、その夜鳴きそば屋が、金太だったとは、どうしても言えなかった。

話を聞くと篠吉は、「さすがは、蝶々姐さん！」と嬉しそうに言った。

「命に代えて、よく金を守ったな」

それは篠吉らしい冗談だったのかもしれない。篠吉はよくそんな風に、すずをからかっていたからだ。だが、今のすずには、皮肉にしか聞こえなかった。

篠吉にとって、女房の命よりも金の方が大事なのか……。怪我をしてまで家を守った私に対して、そういう扱いしか出来ないのか……。そう思うと、すずはなんだか虚しくなってしまうのだった。

それからというもの、すずは、物思いに耽ることが多くなった。

あの夜、金太に着せてもらった、男物の着物を引っ張り出しては、そっと羽織ってみたり……。かと思うと、その中に顔を埋めてみたり……。または、鏡を覗き込んでは、皺を気にしてみたり……と。

すずとて、もう三十半ば。花魁時代とは異なり、このところの前栽売りで肌は焼け、シミが多くなっていた。手も荒れて、ちりめん皺が寄っている。鬢には白髪が混じるようになり、染粉を使っても、使っても、増えるばかりだった。

角度を変えて、鏡の中の自分の顔を眺めながら、「まだいける？」「それとも……」などと独り言《ご》ちてみる。そうして、化粧道具を取り出しては白粉を塗るが、「今更やっても……」と今度は化粧道具を放り出す。そんな事を繰り返していた。

それから、鏡台の引き出しの中に仕舞ってある、金太から貰った髪洗いの日の絵を取り出しては、いつまでもぼんやりと眺めているのだった。

年が明けると、喜平の状態が日に日に悪くなった。今では一日中、寝ている事が多かった。時折意識が戻ったかと思うと、柔らかい光が瞳に点り、昔の〝鬼平〟と呼ばれた面影など微塵も見当たらなかった。

そんな喜平を、傍らで見守っていたすずは、ある日、ひと思いに喜平に尋ねてみた。

「旦那さんは、幸せでしたかい？」

ひとしきり考えていた喜平だが、「そうだな」とおもむろに口を開いた。

「わしは若い頃から金儲けに夢中だった。自分が考えれば考えた分だけ、思い通りになったので、面白かったんだな。だけど行き過ぎて、いつの間にか、大事な物を忘れてしまっていたようだ」

そう言って傍らにいる、富蔵とみやびを見た。それは慈しむかのような優しい眼差して……、その表情にすずは胸を打たれた。

「けれど大事なものというのは、案外身近にあるもんだな。一番近くにな」

それだけ言うと喜平は、すずの方を見た。

「お前さんは、幸せなのかい？」

「あたしは……」すずは、言い淀んだ。

私は幸せなのだろうか……？　すずは、分からなくなっていた。

せっかく好いた男と、一緒になったというのに……。

「お前の姐さんたちは、どうなんでぃ。皆、幸せだったかい」

すずは頭を巡らせた。幸せだった者も、そうでなかった者もいる。答えが見つから
ず、すずは返事に窮していた。そんなすずに、喜平は言った。

「お前は今までいい子だったからな。親兄弟のために身を売り、嫌な勤めも一所懸命
こなしてきたものな」

すずは、はっとした。

「所帯を持ってからもそうだ。亭主のために、ひたすら尽くしてきたからな」

「……」

「だが、お前は、本当は自由なんだよ。これからは自分で好きなように、生きること
が出来るんだ」

その言葉に、すずは頭を叩かれたような気がした。

「皆、それぞれ、自分なりの幸せを見つけるものだ。お前さんも今、幸せでないのなら、自分なりの生き方を探せばいい。誰の真似でもないな」

そう言うと喜平は微笑んだ。それは今までにすずが見たことのない、屈託のない笑顔だった。喜平は言った。

「幸せになれ、すず。幸せに」


それから、しばらくして喜平は亡くなった。

葬儀も終わり、誰も居なくなった隠居所の中庭で、すずは一人立ち、空を見上げた。冬空に雁が群れをなして飛んでいくのが見えた。梅の枝には今年も一輪、赤い花が咲きほころんでいた。それを見ると、喜平の優しさが身に染みた。

「旦那さん、ありがとう……」

すずは空に向かって、静かに手を合わせた。


大国屋を辞した後、すずは浅草に立ち寄り、目に付いた人形浄瑠璃《じょうるり》の芝居小屋にふらりと入ってみた。演目が「八犬伝」だったからだ。

暗い芝居小屋の中は、それほど混んではおらずに、すぐ座ることが出来た。舞台では、偶然にも、すずの好きな〝芳流閣の決闘〟の段で、犬塚信乃と犬飼現八が、丁々発止を演じているところだった。それを見ているうちに、すずの瞳から大粒の涙が溢れてきた。昔の事を思い出したからだ。

金華楼で、ツネと一緒に箒を持って、〝チャンバラごっこ〟をしたこと。幼い金太に「八犬伝」の物語を身振り手振りで聞かせたこと。「あたしの情夫は、信乃さんだよ」と、朋輩たちに高らかに宣言したこと。そんなあれやこれやが、次々と思い起こされて来ては、暗闇に消えていった。

輝いていた子ども時代。

何でも出来ると思っていたあの頃。

何でも――。

そんな思いが、いつしか人形たちに重なって、すずの頰をいつまでも濡らすのだった。

二年後。

両替商を営む篠吉の下へ、金太が訪ねて来た。

篠吉は今では辰巳《たつみ》屋と名乗り、高利貸しを営んでいた。万年橋にほど近い大工町の表通りに店を構え、商売は順調のようだった。

座敷に通され、「どうしたい、今日は」と愛想よく尋ねる篠吉に、金太は、「へい、今度、名を金之介《きんのすけ》と改め、本所に居酒屋を出すことになりました。つきましては、そのご挨拶にと思いまして」と手ぬぐいを差し出した。

「ほぅ、そうかい。金公もずいぶん出世したもんだな。すずが見世にいた頃には、まだ小さかったのに」そう言って、篠吉は機嫌よく笑った。金之介も愛想笑いをした。

その時、「お茶をお持ちしました」という声が襖の外からした。

金之介に緊張が走った。ごくりと喉が鳴る。

だが、襖を開けた女は、すずではなく、まだ若く、しかも大きなお腹を抱えていた。

金之介が驚いていると、篠吉は照れたように「いや、お恥ずかしい。この年で親父になるとは」と言うのだった。

篠吉の話では、喜平が亡くなった後、すずから「離縁して欲しい」と頼まれたそうだ。

理由はよく分からないが、何でも一人になってやってみたいのだとか。

「遅ればせながら、すずも、一人立ちをしてみたいのです。誰にも頼らず、一人で生きてみたいのです」と言われたという。

そして、二人で家の転売で稼いだ金も、何一つ受け取らなかったそうだ。

「本当にアレは粋で気持ちのいい女でしたね。甲斐性があるとは、ああいう女の事を言うんでしょうな」

そうしみじみ語る篠吉の言葉を、最後まで聞かずに、金之介は店を飛び出していた。慌ただしく出て行った、金之介の後ろ姿を見送りながら、「なんだい、ありゃ？」と篠吉が呆れながら手ぬぐいを広げると、そこには、〝居酒屋いっぺえ〟の文字の下に、美しい蝶の模様が描かれていた。


金之介は表通りを、物凄い勢いで駆けながら、「姐さん、あんたって人は……、あんたって人は……！」と心の中で叫んでいた。思い浮かぶのは、あの雨の日のすずの横顔だった。青白く、はかなげで、そして、とても美しかった。その幻に向かって、金之介は、叫んだ。

姐さん、俺は絶対、諦めないから！

必ず、必ず、見つけ出してやるから――!!

ここは、室町にある人形店、扇谷。

主人の市左衛門《いちざえもん》は、さっきから口入れ屋に紹介されたばかりの女を見つめていた。何でも口入れ屋の話では、女はどんな年寄りでも手玉に取り、手なずけるのが上手なのだそう。それゆえ、老親の世話に苦労している家からは、引っ張りだこなんだとか。

しかし、今目の前にいる中年女は、いたって地味で質素な様子。格別、何かの能力に秀でているという訳でもなさそうだ。強いて言うなら、うなじの細さ、髪の結い方などに、どことなく玄人っぽさを感じるくらいか。もしかすると、昔は遊廓で、もてはやされた口かもしれなかった。

市左衛門は、二度、三度咳払いをしてから口を開いた。

「お前さん、年寄りの世話に定評があるんだって？　お前さんにかかりゃ、どんな年寄りだって大人しく、言う事を聞くようになるそうじゃないか」

女は顔を上げた。すずである。

「定評があるかどうかは存じませんが、私はご隠居様たちが好きなんです。ご隠居様たちには、今迄に生きてきた経験がおありです。私はその生きた知恵を拝借できるのが嬉しいんです」

そう言ってにっこり笑った。

市左衛門は怪訝そうな顔で「そうかい？　でもウチの婆さんには、そんな知恵があるとも思えんがな。でもまあ、手強いのだけは確かだぜ。なんせ海千山千の強者だからな」

そう言った途端、奥の方で、ガシャーン！　という茶碗の割れる音がして、

「年寄りを殺すつもりかいッ！　こんな熱いお茶なんか出して。飲める訳ないだろうッ」

とがなり立てる声が聞こえてきた。

それを聞くと、市左衛門は苦笑いして、「ま、よろしく頼むぜ」と言って顎をしゃくった。

それを合図に、すずは一礼すると、嬉々として立ち上がった。

了

## 【参考文献】

『吉原艶史』北村長吉　著／新人物往来社
『江戸吉原図聚』三谷一馬　著／立風書房
『図説　吉原事典』永井義男　著／朝日新聞出版
『吉原花魁日記　光明に芽ぐむ日』森光子　著／朝日新聞出版
『春駒日記　吉原花魁の日々』森光子　著／朝日新聞出版
『図説　浮世絵に見る江戸吉原』佐藤要人　監修、藤原千恵子　編／河出書房新社
『江戸の色町　遊女と吉原の歴史』安藤優一郎　監修／カンゼン
『江戸の家計簿』磯田道史　監修／宝島社
『江戸の卵は一個四〇〇円！　モノの値段で知る江戸の暮らし』丸田勲　著／光文社
『江戸の経済事件簿　地獄の沙汰も金次第』赤坂治績　著／集英社
『大江戸世相夜話』藤田覚　著／中央公論新社
『江戸の銭と庶民の暮らし』吉原健一郎　著／同成社
『江戸衣装図鑑』菊池ひと美　著／東京堂出版
『旗本夫人が見た江戸のたそがれ　井関隆子のエスプリ日記』深沢秋男　著／文藝春秋
『江戸奉公人の心得帖　呉服商白木屋の日常』油井宏子　著／新潮社
『別冊歴史REAL　江戸の食と暮らし』／洋泉社

『江戸の暮らしが見えてくる　地図で読み解く江戸・東京』江戸風土研究会　編・著、津川康雄　監修／技術評論社
『江戸生活事典』三田村鳶魚　著、稲垣史生　編／青蛙房
『21世紀によむ日本の古典19　南総里見八犬伝』曲亭馬琴　著、砂田弘　訳著／ポプラ社
『21世紀版少年少女古典文学館17　西鶴名作集』井原西鶴　著、藤本義一　訳著／講談社
『競売不動産を買うときの基礎知識』小柴一生　著／ぱる出版
『深川江戸資料館展示解説書』公益財団法人　江東区文化コミュニティ財団　江東区深川江戸資料館　編集・発行

ほか、ｗｅｂサイトを参照しています。

本作品は書き下ろしです。

# 実業之日本社文庫　最新刊

伊坂幸太郎
## フーガはユーガ
優我はファミレスで一人の男に語り出す。双子の弟・風我のこと、幸せでなかった子供時代のこと、「アレ」のこと。本屋大賞ノミネート作品！（解説・瀧井朝世）
い12 2

北川恵海
## 真夜中のメンター　死を忘れるなかれ
彼の肩書はメンター。自殺志願少年、足を引っ張りたい女など、客の相談を聞き、解決に乗り出すが……。すべての悩める人に贈る、人生応援ストーリー！
き6 1

倉阪鬼一郎
## 24時間走の幻影
24時間耐久マラソンレース。真夜中になるとコースに怪しさが漂いはじめ、そこに現れたのは……。本格ランナーの著者が描く、不思議で切ない感動ストーリー。
く4 10

小鳥居ほたる
## あなたは世界に愛されている
不器用な娘と母は、時を超え、かりそめの姉妹になった。それは運命のいたずらか、それとも愛の奇跡か？　切ない想いが突き刺さり号泣必至、あたたかい絆の物語。
こ7 1

今野 敏
## 臨界　潜入捜査〈新装版〉
原発で起こった死亡事故。所轄省庁や電力会社は、暴力団を使って隠蔽を図る。元刑事が拳ひとつで環境犯罪に立ち向かう熱きシリーズ第5弾！（解説・関口苑生）
こ2 18

沢里裕二
## 処女総理
中林美香、37歳。記者から転身した1回生議員。彼女のもとにトラブルが押し寄せる。警護するのはSP真木洋子。前代未聞のポリティカル・セクシー小説！
さ3 15

# 実業之日本社文庫　好評既刊

永瀬隼介
## 完黙

定年間近の巡査部長、左遷された元捜査一課エリート……所轄刑事のほろ苦い日々を描く連作短編。沁みる人情系警察小説！（解説・北上次郎）

な31

七尾与史
## 歯科女探偵

スタッフ全員が女性のデンタルオフィスで働く美人歯科医＆衛生士が、日常の謎や殺人事件に挑む。現役医師が描く歯科医療ミステリー。（解説・関根亨）

な41

名取佐和子
## 逃がし屋トナカイ

主婦もヤクザもアイドルも、誰でも逃げたい時がある――。「ワケアリ」の方、ぜひご依頼を。注目の気鋭が放つ不器用バディ×ほろ苦ハードボイルド小説！

な61

中得一美
## 嫁の家出

与力の妻・品の願いは夫婦水入らずの旅。けれど夫は……人生の思秋期を迎えた夫婦の「心と体のすれ違い」と妻の大胆な決断を描く。注目新人の人情時代小説。

な71

中島 要
## 御徒の女

大地震、疫病、維新……苦労続きの人生だけどたくましく生きる、下級武士の〝おたふく娘〟の痛快な一代記。今こそ読みたい傑作人情小説。（解説・青木千恵）

な81

文日実
庫本業　な72
社之

嫁《よめ》の甲斐性《かいしょう》

2021年10月15日　初版第1刷発行

著　者　中得一美《なかえひとみ》

発行者　岩野裕一
発行所　株式会社実業之日本社
〒107-0062　東京都港区南青山5-4-30
CoSTUME NATIONAL Aoyama Complex 2F
電話［編集］03(6809)0473［販売］03(6809)0495
ホームページ　https://www.j-n.co.jp/
DTP　ラッシュ
印刷所　大日本印刷株式会社
製本所　大日本印刷株式会社

フォーマットデザイン　鈴木正道(Suzuki Design)


ISBN978-4-408-55695-6（第二文芸）